Chiara Francini

Non parlare con la bocca piena

Pubblicato per

da Mondadori Libri S.p.A.
Proprietà letteraria riservata
© 2017 Rizzoli Libri S.p.A. / Rizzoli, Milano
© 2018 Mondadori Libri S.p.A., Milano

ISBN 978-88-17-10133-2

Prima edizione Rizzoli: aprile 2017
Prima edizione BUR: marzo 2018

Impaginazione: Compos 90

Alle pagine 113-114: "Otto Canotto bebè" di Francesco Maddaloni
Alle pagine 269-272: "Re di denari" (C. Mattone - F. Migliacci)
© 1972 UNIVERSAL MUSIC PUBLISHING RICORDI s.r.l.
- Area Mac 4 - via Benigno Crespi, 19 - 20159 Milano.
Tutti i diritti sono riservati - All rights reserved.
Per gentile concessione di MGB Hal Leonard (Italy).

Seguici su:

Twitter: @BUR_Rizzoli   www.bur.eu   Facebook: /RizzoliLibri

Non parlare con la bocca piena

Jag föddes fri, levde fri och ska dö frigjord
Drottning Kristina

Sono nata libera, vissi libera e morirò libera
Cristina di Svezia

*Alla mia famiglia in Cielo e in Terra,
a Nilo, a Orlanda, Danilo, Quirino e Giuliana,
alla mia mamma Sara, al mio babbo, Giancarlo,
a Sergio Rufini, a Mara, Elena, a Massimiliano,
al mio amore grande Fredrik,
a Francesco Maddaloni, fratello, cuore, senza il quale questo libro
non sarebbe mai potuto essere,
a tutti gli esseri umani che mi hanno reso Chiara.*

Una ragazza tanto sfortunata

Trovare parcheggio sotto "casa dei suoi" non è mai stato facile, specialmente alle sette di sabato sera.

Al terzo giro dell'isolato Chiara si rende conto di aver scelto probabilmente il momento peggiore, con la luce più bella di Roma, per lasciare.

Del resto non esiste un'ora perfetta per la fuga perfetta.

Da bambina le bastava il tempo di una mela – i bocconi piccoli – per raggiungere la sua cameretta partendo da scuola. Quanto sarebbe stato più semplice adesso arrivare in quella casa a piedi, a undici anni, con le bucce verdi ancora tra i denti.

La Clio rossa, con un fanalino rotto, l'aveva ereditata dalla zia Gertrude.

Non ci aveva pensato un solo attimo a farla sua per via di quel girasole.

L'aveva salvata dallo sfasciacarrozze per via di quel grosso girasole di plastica giallo contento. Se ne stava tutto arrotolato al volante e le sbatteva puntualmente in faccia ogni volta che sterzava. Aveva imparato a schivarlo con un movimento fluido e danzato del collo. Sembrava un po' una ragazza del ghetto in collera.
Non si era mai pentita di quella scelta, né del girasole.

In fila, ferma sul lungotevere arancione, con un crepuscolo epico, identico a quello di Tara in *Via col vento*, ma senza verdugali, Chiara chiude gli occhi e si concentra rumorosamente come se un ponzare magico potesse improvvisamente farle trovare un posto in quell'ora in cui gli aperitivi e le pentole delle mamme iniziano a fare chiasso.
Li rispalanca e l'unica cosa che la fissa solinga nello specchietto retrovisore è una ciglia finta sopra la gota. Oltre a due gran pesche sotto gli occhi, come la zia Gertrude, fiorentina, da sempre chiamava le occhiaie.
«No, ma brava davvero. A lavorare così vedrai quanta salute su codesto volto» dice, mentre si tira su una palpebra con l'indice, staccandosi un'altra ciglia finta e quasi accecandosi. «Ecco, ora mi piange un occhio e sembrerà che pianga io, non lui.»
Falsa come l'ottone. Lo studio dentistico non è mai stato una manna tanto quanto in questi ultimi due mesi.
Un motore in fondo alla strada è la gioia che stava aspettando. La raggiunge, abbassa il finestrino.

«Senta, scusi, va via? No perché tra l'altro io abito anche qui. E lei?»

L'uomo è al cellulare. Si interrompe giusto per assicurarsi di aver capito davvero, e si vergogna per lei, sentendosi in dovere di risponderle con una confidenza fatta di brina: «Ah, no, io abito ai Parioli, ma sono arrivato ora, e ceno qui».

«Ma vai dalla Marisa al terzo?» insiste Chiara.

Lui si limita a un saluto stanco con la mano, un gesto educato.

La cosa più cattiva del mondo.

«Stasera faccio una pazzia! Stasera succede qualcosa di grave» dice ad alta voce, sola, dopo un'altra curva.

Dello zingarello posteggiatore che tante volte l'aveva salvata, neanche l'ombra.

La sensazione di aver sbagliato senza aver trovato il suo incastro in quel capolavoro di ingegneria gitana le munge il cuore.

Due fallimenti nel giro di un paio di isolati, una valigia gonfia nel cofano e la fuga da Federico.

Quanto sarebbe più lieve cedere alla tentazione di un bel capitombolo all'indietro. Tornare, rimettere le magliette nei cassetti, aspettarlo, sentire che ha finito di lavarsi per ricordargli di asciugare le macchie d'acqua dai vetri della doccia, stringergli appena la mano mentre si va a cena, rientrare, l'abbraccio più tenero, il «domani giornata di fuoco», la luce, gli occhi aperti, il suo respiro nelle lenzuola di bucato, il peso sul petto.

Quanto le piacerebbe non trovarlo, questo parcheggio.

Invece.

«Babbo, sono io.»

«Perché?»

Si guarda nel lucido del campanello di squisita fattura. La faccia deforme e i suoi occhi da "prociona" la fissano.

«Papà, scusa, ma che domanda è?! Apri!»

Compiuto silenzio.

«Aperto?»

«Sì.»

«Bene.»

«Adesso sali?»

Sconfitta, dà una spallata al portone trascinando i suoi due trolley. Uno ha la solita ruota rotta e Chiara, facendo una fatica devastante e imprecando con dovizia, non può proprio, in un momento così, non fistare la borsa per prendere una generosa manciata di Galatine. Si ferma davanti all'ascensore, posa i trolley – «maledetti!» – e si avventa sulle bustine delle caramelle per aprirne coi denti il più possibile. Ne butta in bocca quattro ma il dolce sapore ha un che di metallico. Per la foga ha inghiottito anche un pezzettino di carta stagnola.

«Sono proprio una ragazza sfortunata.»

Sale. La casa è al primo piano, o "piano nobile", come da sempre hanno tenuto a precisare, con deliziosa sprezzatura i suoi genitori, di un bel palazzo che si affaccia su via Beatrice Cenci.

Beatrice Cenci.

Una ragazza tanto sfortunata anche lei.

«A vuò 'na taz' 'e cafè?»

Palazzo Cenci, la sua facciata, è ciò che si vede dalla cameretta di Chiara. Riempie tutta la sua finestra: bello, elegante, con degli sbuffi di verde, di rosa e magenta, uno dei suoi colori preferiti, come una vera casa "da principesse".

La storia di Beatrice le era stata sempre raccontata dai genitori, nello stesso modo in cui le venivano narrate le favole di Cenerentola, Biancaneve e di Pollicino.

Solo che la storia di Beatrice, a differenza di quelle di Aurora e delle altre principesse contornate di nani e di mele, era quella di una ragazza dall'incarnato silenziosamente pallido, la bocca socchiusa, gli occhi lontani e velati d'azzurro che era stata violentata da un padre con la rogna e la gotta, segregata, e che, pur riuscendo con ingegno e disperazione a uccidere il genitore, era finita con la testa ruzzolante per terra grazie a una spada. Non quella magica di Re Artù o Semola per gli amici.

Una ragazza, per l'appunto, davvero tanto sfortunata.

«Finirai come Beatrice» le dicevano a volte i genitori esasperati, sderenati, durante la sua adolescenza, quando qualsiasi cosa veniva investita dalla lava delle parole, dagli editti della principessina Chiara.

«Grazie a Dio, la carne la si mangia non più di due volte a settimana e per ciò che concerne la rogna sono ragionevolmente serena, la doccia la fate. E in casa abbiamo solo un gatto» rispondeva con i capelli molli e l'asciugamano legato in vita.

E poi con un tempo perfetto chiosava di nuca: «Soprattutto, grazie a Dio, la fine della pora Beatrice proprio non mi toccherà perché in ciò la fortuna, intesa ovvio come *vox media*, babbino caro, mi è venuta incontro, no?». E trotterellava prima di sbattere l'uscio della cameretta. Che dava sempre su palazzo Cenci.

Beatrice lei l'amava. Era sempre stata una sua amica. Fedele.

«Chiara, a papà, tu mi farai crepare così. Ti voglio bene.» Le parole di Angelo, alternate ai rumori di una maneggiatissima caffettiera, arrivano tagliuzzate sul pianerottolo. La porta di casa è già aperta.

Angelo è là, con la parannanza e una tazzina in mano.

«Papà, scusa, mi aiuti? Non sono la dea Kālī, con cosa la prendo la tazzina, con la bocca?»

«Ah, scusa scusa» e se ne parte al trotto per posarla, lasciando lei sulla porta.

Goffo, corre su e giù, si riaffaccia e le raccatta una sola borsa. Nell'altra mano ha ancora la tazzina del caffè. Osserva la stazza delle valigie e con vispa bonomia napoletana sussurra: «Scusa, a papà, ma co' tutte 'ste valigie dov'è che devi andare?».

«Qua, papà!» urla sconfitta e bizzosa.

«Ah vabbuò. Allora sei arrivata.»

Chiara sbatte la porta blindata con la consueta teatralità che aveva riempito il muro con più crepe di quelle nel cuore di un adolescente.

Entra. Spinge i trolley, chiude fuori il mondo dietro, alza lo sguardo sgualcito ma vivo.

Eccolo il soggiorno, con i cuscini a fiori grassi di Lisa Corti sul divano marrone capitonné – ne conosce le imperfezioni della pelle come quelle delle sue gambe – e col tavolo di marmo bianco, che sembra più vecchio col giallo che entra dal balcone.

Dietro, di spalle, suo padre, Angelo.

Lo riconoscerebbe comunque, anche fosse decapitato, proprio come Beatrice. Il tronco dritto, le spalle disegnate prima dal nuoto agonistico, poi dai suoi sessantacinque anni, le mani forti, i pantaloni dai colori estrosi – suo unico vezzo modaiolo – e i maglioni di cashmere a tinta unita.

«Dammi un bacio» dice senza neanche girarsi mentre accende il fornello più piccolo e con nuca avvilita continua: «Ma Federico lo sa di questo viaggio?».

«Papà, me ne sono andata! Ci siamo lasciati! Sono tornata ad abitare con voi!» urla con l'occhio già un poco di ruscello.

Angelo con la leggerezza che è tragedia: «Ah, va bene va bene, quindi lo hai avvertito».

«A vuò 'na taz' 'e cafè?» chiede a bassa voce, aggrottando il naso sano. Da pupo.

La risposta non è mai servita, perché il caffè Angelo lo prepara comunque a chiunque entri in casa.

«Papà, sono quasi le otto!»

«Tieni.» Le consegna la sua tazzina.

Quella non è mai stata una domanda, ma semplicemente l'accoglienza nel suo mondo, in cui non può succedere nulla. Di Brutto. Mai.

È come mettersi comodi su una poltrona amica, ti sistemi bene il sedere ed è tua. Solo tua.

«Dolce o amaro?»

Chiara neanche risponde. Fissa quella tazzina, tenendola così forte tra le dita, che quasi sembra volerne cambiare i lineamenti.

«Amaro quindi, Chia'? Allora 'o fatt è grave!»

In casa Mancini la dolcezza del caffè ha sempre raccontato la natura delle notizie e amaro, da tradizione, voleva dire tragedia.

«Beviti il caffè che già senza zucchero è 'na zoza. Freddo poi...» Angelo si siede per attutire il colpo, Chiara piomba nel divano, con una schiuma di capelli che le santificano la testa.

«Parla.»

Afrodite e la schiacciata

Come stava bene così. Stanca e zitta sulla pelle del sofà, quella che, prima, centinaia di natiche, nei tè e nei cocktail party, avevano levigato per lei.

Per Chiara una chaise longue valeva più di sposarsi bene e anche Federico lo aveva capito, un paio d'anni prima.

Nel comprare il tre posti vinaccia per il soggiorno della loro casa, lui si era sentito la spalla di un vaudeville in tournée. Chiara entrava in scena, nei grandi store del centro.

«Buongiorno», strisciava rapida davanti ai commessi composti.

Dritta, verso i divani. «No», «no», «no», «no», a ogni negazione un assaggio di gluteo per sedute mai abbastanza giuste e, prima che Federico trovasse una semicroma di pausa per inserirsi, lei era già di ritorno verso l'ingresso.

Un «grazie» lanciato al suo pubblico, in negozio, e un «andiamo?!» per Federico, ogni volta un po' più acuto, erano stati i finali di almeno un paio di mesi di repliche.

Poi, un giorno: «No», «no», «no», pausa, la prova muscolare di lei, la pazienza piena di lui. Nessun divano prima di allora era arrivato fino a quel punto. Decisa. «Ok, lo prendiamo» aveva detto con la stessa caustica indifferenza dei suoi «no».

A Federico era quasi mancato quell'«andiamo?!» dispettoso in chiusura, perché lui, Chiara, l'amava così, naïf e appassionata, primadonna blasé in un negozio d'arredamento.

Quante soddisfazioni dopo tanto culo.

Se Federico era in trasferta, Chiara attuava ingolosita e pasticciona il suo libidinoso piano pantofolaio.

Finalmente, stracciando in un sol colpo i moniti dei genitori e i divieti del fidanzato, a sera, si incastrava tra i cuscini del divano con tre prepotenti colpi d'anca. Intera, diventava un tutt'uno con la tappezzeria e, dopo aver seminato il petto orizzontale d'avanzi di schiacciata salata, aspettava che la televisione la sedasse.

Nel giro di un paio d'ore di scomodo coma, il talk show che le aveva detto «buonanotte» si trasformava in una televendita di guaine sudate, una sveglia cattiva, il climax della sua trasgressione domestica. Come sadico era il male al collo e alla schiena che quell'accartocciamento proibito le infliggeva. A Chiara piaceva così, da sempre.

Piena di dolore e di briciole, finalmente libera.

«Ecco qua!» diceva Angelo, con le mani a *Padre nostro* guardando la sua bambina addormentata come fosse un'apparizione disperata. Seguiva un battito delle palme, devoto e popolano. Soprattutto rumoroso.

«Chiara, si te lev' 'o telecomando e te mett' 'na lettera in mano par' Marat assassinato. Vatti a coricare!» le diceva il padre nei giovedì sera di adolescente, verso le undici e mezza, quando in salotto c'era la partita a poker piena di fumo dei genitori, nel forno la pizza di scarole e in tv *Beverly Hills 90210*.

"A Kelly una cosa del genere non sarebbe mai successa. Anche si fosse appennicata nuda sotto il sole della California" pensava Chiara, con un giro di plaid e un mugolio crucciato, mentre si riassaggiava il palato a fatica. Poi la domanda triste di sempre: «Ma che fastidio ti do?».

«Ti spezzi la schiena! Avrai tempo di farlo quando sarai grande, lavorando come una pazza, non adesso per vincere il festival della pigrizia. Vai!»

Angelo lanciava il suo diktat mentre ritornava al panno verde col piatto di plastica vuoto. Chiara amava la pizza di scarole.

Per Federico, invece, le motivazioni erano diverse. «È da incivili dormire sul divano. Sembri una drogata. E poi è una questione di igiene» ripeteva lui, che ammorbidiva la replica con un dolce richiamo: «Amore, dai, vieni a letto!».

Quanti finali di puntata con Brenda e Dylan a un passo dalla tragedia, quante offerte di coltelli e paradisi ancora da recuperare!

Sola, piantata tra i cuscini, con la bocca lassa e asciutta di respiri, più che sconfitta, come Marat, Chiara si sentiva gloriosa: un'Afrodite vincente a cui Paride, invece della mela, aveva donato il telecomando.

Telegramma
NW1 7SU

Carissima Chiara,

qui a Londra il tempo è buono, ma non lo è mai abbastanza perché io mi possa sentire sollevata.

Non è facile quando nemmeno la gastronomia più fornita della città sa strapparti un sorriso.

Ieri Edward e io siamo andati a un cocktail alla Soho House.

Un posto in cui, a detta dei più, pare sia assai difficile entrare. Credo per via di una tessera, senza la quale proprio non c'è modo di scamparla.

Non ne capisco davvero il motivo, perché si mangiavano solo delle fette di pizza dozzinali, su divani scomodi.

Era pieno zeppo di italiani.

E di italiane.

Le signore, se così si può dire, hanno cominciato a

riempirmi di domande sulle mie spille di violette cristallizzate commestibili e su quanto costassero.

Io non so dirti l'imbarazzo mio e anche di Edward, che faceva le proverbiali "orecchie da mercante".

A volte credo che in certi casi ci si senta tanto estranei con chi ti dovrebbe essere simile come invece ci si sente simili a chi ti dovrebbe essere dissimile. Proprio.

Devo dire che lo sciampagna mi fa sempre diventare filosofica.

Adesso ti lascio, il levriero e Edward mi reclamano per la passeggiata postprandiale.

Tua Eleonora

Un pasticcio bellissimo

Tin tin, tin tin, tin tin. Uno scacciaspiriti nel caffè.

Il rumore del cucchiaino che scioglie lo zucchero nella tazzina di Angelo sembra uno di quei sonagli zen che a Chiara non erano mai piaciuti. La facevano pensare alle porte dei negozi coi titolari sfaticati, che sbucano dal retrobottega solo al richiamo del campanello.

Tin tin, tin tin.

Sul tavolo il solito fucile da pesca subacquea con appiccicate le figurine scolorite di Barbie Fiori di Pesco e di Hello Spank che Angelo aveva prontamente rincollato ogni volta che avevano dato segno di volersi liberare. Erano state apposte dalla sua bambina e questo rendeva il fucile un pezzo d'arte.

«Papà, pensi di berlo o lo vuoi solo girare?» chiede rialzandosi dal Chesterfield freddo. «Io non lo voglio...

ma quale caffè?!! Mi ci vorrebbero estuari di alcol!» Di nuovo giù. Negli inferi di tappezzeria.

«Tesoro mio, tu sei astemia» le dice Angelo alle prese con gli ultimi giri. *Tin tin*. «E poi non serve ubriacarsi per trovare le risposte.»

«No, ma per dimenticare le domande sì», crucciata.

Lei stesa, lui sulla sedia accanto. Psicanalisi da cucina.

«'Un ce la fo. Ho provato ma 'un ce la fo.» Un caparbio fiorentino le usciva nei momenti di disperazione.

Era sempre stato così tra loro, dai tempi della scuola. Un contrappunto di soliloqui e sospiri, cucchiaini nel caffè e piccoli dolori. Angelo li ascoltava seduto su una sedia. Da almeno vent'anni.

«Ho sbagliato? Ho sbagliato! Eh ma 'un ce la facevo! Babbo, ma ora patisco?»

Le sopracciglia spaventate disegnano un triangolo sulla fronte di Chiara. Gli occhi grandi e il musetto pendulo della tristezza, quello che non le aveva mai lasciato la faccia anche quando più grande aveva deciso di coprirlo col rossetto ciliegia, la fanno assomigliare a un manga sciagurato.

Il pianto era sempre stato irresistibile. Angelo si ricorda di quando le lacrime sulle gote sode della neonata la facevano sembrare una piccola vecchia. La testa tonda e pelata fino a quasi un anno, le sopracciglia, due archi sottili come tratteggiati col lapis sopra gli occhi e il labbro carnoso, quasi leporino, che batteva sul naso: un pasticcio.

Un pasticcio bellissimo.

«Ma l'amore è tutto qua? E se la felicità che non ho mi piacesse di più? Con Federico ogni tassello è perfetto, ma se guardo il mosaico da lontano io non vedo più niente. Che c'era disegnato, babbo? Io non me lo ricordo più.»

Seduta sul divano – i gomiti sopra le ginocchia e la faccia dentro una mano – afferra la tazzina del caffè dal tavolino di cristallo come fosse un due euro di vodka.

Si scola l'amaro con un'indemoniata coreografia di testa. Ribatte sul vetro. Gira il collo e contempla il padre con un sorriso dispettoso, pieno di lento malessere. Si deforma dagli zigomi. Tutta colpa del suo cuore pestato ma anche del sapore terribile.

Si alza di scatto in cerca della borsa. «Tu la vuoi una Galatina?» chiede ad Angelo, che con un cenno rifiuta.

Lo zucchero la seda e diventa una passeggiata al trotto in salotto.

«Federico è solido, su questo non c'è dubbio. Mi ama, mi vizia. Stiamo bene assieme ma, papà, io ho trentacinque anni, non ho un amante, non ho un tailleur nero nel mio armadio e non ho nessuna voglia di fare un figlio! È colpa mia, vero?»

Angelo, dal suo trono domestico, inspira muovendo a caso le mani. Si prepara al solito tentativo di consolazione, fallimentare, destinato a trasformarsi in un silenzio d'autore, perché con Chiara era così: prima la tragedia poi il soliloquio.

Lui zitto, lei disperata. Sempre con la stessa intensità, che si trattasse di un dolore o di un panino con la maionese. E a lei la maionese aveva sempre fatto schifo.

Questa volta con Federico ce l'aveva messa tutta: voleva fare la donna.

Questa volta aveva deciso di trovare un giusto compromesso con la virilità femminea che troppe volte in passato aveva eccessivamente tramortito per continuare ad amare.

Questa volta Chiara aveva imparato anche a declinare il "noi-plurale progettualità" come lo chiamava MaraElena, l'amica di sempre, sciupamaschi ordinaria, che si dava a gambe levate non appena ne incontrava uno. Anche solo abbozzato.

L'ultimo era stato Giovanni, amante creativo e pessimo bartender di un club del Pigneto. «Non fa per me. Al secondo appuntamento, dopo un'ora di contorsionismo da ricovero in ortopedia, mi ha chiesto: "Perché questo weekend non ce ne andiamo da qualche parte?". Io divento pazza. Eunuco! Ma quanto diventano molli gli uomini se godono bene? E poi, Chiara... A parte che per un weekend tutto così dovrei prima diventare una trapezista del Cirque du Soleil, ma poi diciamolo: se potessi, io non passerei neanche morta un intero fine settimana con me stessa. La verità? Io a Giovanni gli ho solo fatto un favore» aveva raccontato MaraElena, lucida e fatale, nell'ultimo giovedì di confessioni prima di alzare la mano per ordinare un altro Spritz.

A Chiara, invece, il "noi-plurale progettualità" era cresciuto in petto spontaneo, come un tramonto di giugno.

Se lo ricordava benissimo come si era sentita.

Alla vigilia della convivenza con Federico aveva pure buttato la piastra frisé, abiurando, di fatto, a un'adolescenza fuori moda, anche lei, come il frisé.

Si sentiva pronta, coi capelli lisci, per la sua nuova vita di coppia. Perché, come le aveva insegnato zia Gertrude, «se una donna si dice disposta a cambiare taglio di capelli per un uomo, o sta mentendo o è innamorata pazza».

Chiara tocchicchia le figurine e dà un'ultima occhiata al fucile subacqueo sul tavolo, accarezzandolo come fosse un micio e poi chiede preoccupata: «Ma Gina?».

Angelo, contento per il momentaneo sviare dalla tragedia: «Gina sta megl' e tutt'».

«Ah almeno lei» sospira Chiara sollevandosi e sollevata.

«Chell' me fa asci' pazz'! Più di te!» bofonchia felice e buffo.

Quella Gina.

Gina la talpa

Gina era una talpa che abitava nell'orto di Angelo. Non si sa come ci fosse arrivata. Ma l'orto era ancora suo.

Era una croce. Sterminava furba e cicciona ogni pomodoro, era un'abile creatrice di buche. Non a caso, Angelo, l'aveva soprannominata "la grandissima bucchina" e secondo lui, un po' per deformazione professionale, un po' per fantasia, Gina ci vedeva benissimo.

Angelo credeva ciecamente nell'orto condominiale. Nessun presupposto di biologia o di fisica lasciava ben sperare nella proliferazione botanica con quell'esercito di sanpietrini del ghetto tutt'intorno, ma lui insisteva.

Le ore prone a parlar con bulbi e boccioli, ma anche con la stessa talpa infame, erano per lui un po' come coltivare l'Eden, chiacchierando con Belzebù.

Gina, una volta Chiara l'aveva vista: un Trudino,

liscia, mora e ben pettinata, curata, dalle guance gonfie e gli occhi di spillo.

Avrebbe voluto addomesticarla, ma poi aveva capito che doveva essere come lei: libera e bella.

Poche cose accendevano le discussioni di Chiara e Angelo come Gina.

Una la voleva libera per l'appunto, l'altro morta.

Negli anni il papà si era documentato su argute tecniche di sterminio per talpe, attingendo alle più implausibili fonti, giardinieri esausti, blog stranieri, più che altro cinesi, di cui capiva poco ma in cui ravvisava foto di talpe passate a miglior vita, e soprattutto vecchie edizioni dell'enciclopedia più sanguinaria, la rivista «Gardenia».

Le aveva provate tutte. Dai piccoli falò ai lati dell'orto a pozioni omeopatiche a base di curcuma e saliva. Epocale il tentativo di mettere in fuga Gina sfruttando certe vibrazioni musicali.

Quel giorno portò in cortile le grosse casse abituate a Callas, Donizetti e Mina, ma prone quel dì a una playlist techno che aveva scaricato da internet. I cavi sguisciavano eleganti giù per le scale di marmo. Angelo pose gli altoparlanti a contatto con la terra e, con l'ausilio di Gertrude – alla finestra aspettava ignara il cenno fatale –, diede a Gina la lezione che meritava. Naturalmente senza esito alcuno.

Una volta aveva preparato potenti intrugli a base della sua stessa urina e di peli di barba tritati e conservati in barattoli di plastica per analisi cliniche. «Il piscio per inibire» diceva. «La peluria per concimare.» Sparse l'unguento in quel quadrato di terra come una benedizione pasquale. E Gina sopravvisse.

Chiara aveva iniziato a sospettare che il vero passatempo non fosse l'orto, ma l'ingegnarsi. Per la prima volta il padre mostrava di avere un sincero interesse per una femmina non di famiglia. E allora rideva Chiara e capiva che forse Angelo quella Gina, mora timida e pelosa, l'amava più di chiunque altro.

La pittrice nana

Inizia dalla stanza piccola per diventare un grande medico. È sempre stata la tua, qui nello studio. Ti aspettava. E io con lei.
Stai tranquilla, questa volta arriveranno i clienti e io sarò dietro la porta. Come quando eri piccola, di notte.
Benvenuta, dottoressa.

Chiara lo conservava come una sindone, dentro un foglio di plastica trasparente, sul fondo di una scatola in legno piena di lettere. Quel biglietto, il papà dottore glielo aveva dato due giorni prima della laurea.
Lo studio oculistico di Angelo era in un appartamento a sud, in via Ostiense. Lui lo sottolineava sempre: «Da buon napoletano non potevo che scegliere la zona più terrona di Roma» diceva con un ghigno romantico da mezzo scugnizzo. Era cresciuto nel cuore di Barra – ai

confini di Napoli –, un quartiere che neppure la città sembrava volere più.

Nel cortile di casa, con le ginocchia sbucciate e la faccia mogia di schiaffi, impiccava lucertole e assemblava pacchiani meccanismi elettrici.

I latitanti del terzo piano, le donne d'onore grasse, i giri in moto per necessità senza casco, la festa dei gigli tutta sporca di malavita restavano fuori dal giardino: questa era la regola, imprescindibile. Sua madre, Maria, non gli avrebbe mai permesso di trasgredire.

Che poi, grazie a quei trenta metri quadrati di infanzia verde e solitaria, già prima di trasferirsi a Firenze per studiare oftalmologia, Angelo era diventato un uomo per bene, lì dove essere per bene quasi non era un bene.

A otto anni Chiara aveva deciso: «Papà, io voglio fare la pittrice».

«Che bella idea!» aveva risposto lui.

Neanche una settimana dopo quella buffa agnizione Angelo aveva sistemato nella stanza piccola dello studio medico il cavalletto con le tempere, le tende pastello e una scrivania. Quanto lo divertiva vedere Chiara seduta, con le gambe sospese, aspettare possibili committenti.

«Vai via che se arrivano devo essere sola» ammoniva lei.

«Scusa, hai ragione» le rispondeva serio.

Adesso Chiara quella stanza non la sentiva più così sua.

«Papà, grazie, però ci vengo solo se posso pagare l'affitto. Non voglio dovermi sentire in obbligo di chiedere il permesso anche solo per appendere un quadro qui.»

«Chiara, ma questa è casa tua.»

Lo scontro, la tregua, la soluzione. Lei avrebbe pagato metà delle spese e lo studio Mancini avrebbe così avuto il padre e la figlia, l'oculista e la dentista.

E i quadri alle pareti sarebbero rimasti i suoi.

Niente altro da dire

«Chiara, questa è casa tua» ripete Angelo. Lava le tazzine e le dà le spalle, mentre lei, fragile come la sera prima di un compito in classe di matematica, si coccola nei due rifugi di sempre: le Galatine e il divano.

Fissa i trolley.

Dentro il guscio, rovinato e poi guarito dai viaggi, tutto non ci stava. Il divano vinaccia, i tre gatti, l'albero di Natale sempre acceso, le fragole di carta appese al soffitto. I genitori però non le avevano insegnato come fare a portarsi via un pezzo di vita, mannaggia.

Di Federico aveva preso una camicia. Non sapeva se come feticcio di gloria, come gioco dispettoso o per nostalgia. Quella camicia azzurra delle giornate in ufficio di lui avrebbe vestito Chiara da mezzo maschio dopo una doccia, facendola sentire più indipendente.

«Giovedì mi ha cucinato i croque madame. Non ho neanche lavato i piatti. Due sere fa toccava a me occuparmi della cena. L'ho portato da Kuriya, ho anche simulato un certo piacere nel deglutire pesce crudo. È più facile fingere un orgasmo, ma io alla prova d'attrice, papà, neanche ci arrivo più. Da cinque mesi. Secondo te, è perché ho pagato il conto?»

Angelo chiude sconfitto il rubinetto, sconfitto anche lui. Si strofina così forte il cencio tartan fra le mani che... quale asciugare? Sembra voler condividere con un'osmosi scozzese i quadrati zuppi sulle palme gialle di caffè. Non gli resta niente altro da dire.

«Chiara, a papà, qui c'è solo una persona che può dirti cosa fare.

«È tuo padre. È nel suo studio. Vai.»

La legge di Godwin

«*La Vedova allegra* era l'operetta preferita di Adolf Hitler. Mi sembra chiaro che anche il nazismo avesse i suoi segreti.»

> Del valzer nell'ardor,
> Or batte il picciol cor,
> Col dolce palpitar
> Ei dice a me: mi devi amar!

Il canto proviene dallo studio di Giancarlo, separato dal resto del mondo da una porta a vetri. Sempre aperta. Nonostante i vetri.

Il pudore uggioso della borghesia toscana non era sopravvissuto al Sessantotto, alla psicanalisi lacaniana e al sapore fiero dell'indecenza, nella bocca, quando quel ragazzo con l'ascot macramè sotto la camicia fasciata, si era inginocchiato per la prima volta nel bagno della stazione di Santa Maria Novella, a maggio.

Da allora le genuflessioni che gli aveva insegnato sua madre Orlanda, detta "furiosa", per una *Salve Regina* o una salmodia vespertina, non furono più le stesse. Inevitabilmente.

Quanto rise Gertrude, la sua sorellina, pensando che fosse spocchioso come non mai quel giorno, Giancarlo, al suo rientro.

Lui, per evitarle un'overdose di entusiasmo e dolore, corse a confessarsi con Emily, Charlotte e Anne, le altre sue tre sorelle che teneva chiuse nel cassetto del comodino mogano.

Portò con sé prima loro, quando si trasferì da Firenze a Roma, e poi Gertrude. Solo per una questione di volumi.

Insegnava anglistica. Era diventato professore universitario.

La biblioteca del suo studio, in casa, era un mosaico di dorsi variopinti e frastagliati, un luna park di cofanetti che Chiara da bambina apriva con un'attenzione malsana per la sua età.

A otto anni le dita piccole sfogliavano tutto e tutto la incantava. Senza malizia, trattava con la stessa comica lucidità il finale della *Piccola fiammiferaia* e una stampa di *Man in Polyester Suit* di Robert Mapplethorpe. Era brava, perché poi rimetteva tutto a posto. E Giancarlo, più che incosciente, era fiero del suo sapere, che poi era un riscatto.

«I libri fanno male quando li tiri, non quando li sfogli» ripeteva lui ad Angelo quando l'altro papà, preoccupato, si affannava, con una recita di panni da polvere e tosse, a ridistribuire gli Andersen, i Mapplethorpe e le Brontë nel modo che pensava più adeguato all'infanzia della "piccerella".

Giancarlo invece no. Sapeva che poteva fidarsi di Chiara e anche delle sue scelte da ottènne.

Lo studio doveva restare aperto perché il sapere andava condiviso. Anche con chi era in cucina.

Tace il labbro, quest'è ver,
È chiaro pur il suo pensier,
Ei dice t'amo, sì,
io t'amo, sì!

«Tuo padre non fa altro che preparare caffè. Da trent'anni. Per chiunque. Abbiamo tanto di quell'eccitante in corpo che quasi rischiamo l'immortalità.»

Ammaliante come l'entraîneuse di punta in un postribolo di tono, Giancarlo si alza per accogliere Chiara, ospite-padrona, la sua bambina.

Toglie gli occhiali e la vede triste, col muso malinconico, uguale a certe foto conservate lassù, negli album, sugli scaffali.

Per rispetto corre a zittire *Tace il labbro*. Nonostante la circostanza, l'allegra vedovanza di Hanna Glavari non gli sembra per nulla pertinente.

Prima con gli occhi e poi con le mani accompagna Chiara sulla Thonet rimpagliata una settimana prima da don Mario, come fosse la vittima claudicante di un incidente stradale o una rockstar capricciosa e sfatta alla fine di un concerto. Lei si siede. Un test sull'artigianato.

Chiara col naso quasi in mezzo ai seni sospira: «Babbo» pausa, «sono di nuovo qui… Non ci posso credere… mi sembra un sogno».

Giancarlo, senza alzare la testa, come in una partitura teatrale: «Io ti ho avuto quindi come illude un sogno: nel sonno un re, ma nullità al risveglio. Shakespeare, *Sonetto 87*. Quindi?».

Chiara attacca, come quando recitava *A Silvia* a scuola, la sua poesia preferita: «Quindi ho deciso che non era. Mi si è spezzato anche lo sterno mentre agguantavo le mie cose, e i ragazzi poi li vado a prendere domani, non ho neanche capito se staranno tutti con me o se faremo a metà, ma sono tre come si fa, ma in fondo poi io credo che tu sia d'accordo, lui è intelligente, acuto… e buono, tanto buono, però babbo con la bontà cosa ci faccio ora? La passione, babbo, io voglio il sogno, poi potrò pensare alla bontà, ora voglio il rosso, voglio sentirmi tutta rossa».

«Finora solo una verità incontestabile è stata pronunciata sull'amore: "È un gran mistero". Tutto il resto che è stato detto o scritto sull'amore non è conclusivo, ma solo un insieme d'interrogativi rimasti irrisolti. La spiegazione che parrebbe adatta a spiegare un caso non ne spiega un'altra dozzina. Per cui secondo me il meglio sarebbe spiegare ogni caso singolarmente, evitando generalizzazioni. Come dicono i medici, dovremmo individualizzare ogni caso. Cechov.»

«Sì, va bene ma io il mio l'ho individualizzato, ti prego non mi mettere confusione, io sono qui perché voglio essere pacificata, coccolata e voglio che mi si dica che ho fatto la scelta giusta per la mia felicità e anche per la felicità di Federico… Oddio, avrò sbagliato?»

Giancarlo risponde solenne: «Non ho capito l'esito».

Chiara, quasi alle lacrime: «Quale esito, babbo? Sono tornata a casa mia, dalla mia famiglia, nel seno che mi vide crescere e che spero mi riaccoglierà, dopo aver lasciato Federico!».

«Lui non le rivolgeva più, come un tempo, parole talmente dolci da farla piangere, né carezze così veementi da renderla pazza; tanto che il loro grande amore, in cui lei viveva immersa, sembrava diminuire come l'acqua di un fiume che si assorbiva nel suo letto e lei ne avvertiva la melma. Non voleva crederci: raddoppiò la sua tenerezza, ma Rodolfo dissimulava sempre meno la propria indifferenza.»

«Babbo, io questo Rodolfo non so chi sia, mi fai irritare!»

«Chiudo con *Madame Bovary*, la traduzione è affrettata, va limata.»

Questo era Giancarlo, sulle scene da una sessantina d'anni.
Mai impallato.
«Stai comoda?»
Piccata, non risponde. Prova superata. Don Mario, con la sua cataratta e un matematico ritardo nelle consegne, non era poi così male.
«Hai fatto bene. Forse. L'amore è coraggio. Tutto il resto è coppia. Prendi me e tuo padre. Hai mai visto due più spericolati di noi?»
«È proprio quello il punto, babbo.»

Giancarlo e Angelo sono i papà di Chiara, da sempre. Angelo l'aveva riconosciuta. E lei gli era stata sempre riconoscente. La prima Galatina messa in bocca, «non la metto la gonna blu!», il bagno occupato oltre misura, il clacson del motorino di Alessio (richiamo ormonale codificato), la frangia come Federica Moro in *College*, una qualsiasi nuance di rosa, il campanello – nonostante le chiavi di casa –, la volta in cui ruppe con Lorenzo e quella in cui decise di imparare il portoghese brasiliano.
Giancarlo e Angelo sapevano.
Nessuna medicina più dolce per guarire Chiara. Altro che caffè e letteratura. Quasi meglio pure delle Galatine.

«Se vai in camera tua è acceso.» Giancarlo pronuncia la formula magica.

Chiara scappa in corridoio, nel buio, verso la sua cameretta intoccata negli anni, con l'impeto di un'erinni. Apre la porta e lo trova là, tra il letto e la finestra del balcone, fermo e allegro.

Lui.

Il Natale Albero

L'albero di Natale era una delle più grandi gioie della sua vita. Da sempre. Da prima di capire cosa significassero luci, zenzero, lana, brodo, angeli e rosso. Con l'età della ragione l'amore aveva continuato naturalmente a crescere per via del suo compleanno, che cadeva il 20 dicembre, e quello di Gesù che arrivava solo cinque giorni dopo l'aveva sempre concepito come un sacrosanto rinforzino.

Una roba fatta in amicizia. Una cosa buona e giusta, insomma.

Si era sempre sentita al centro dei festeggiamenti e quel calore, quell'euforia, quei piumoni con dentro i piedi che si sfregavano, svegli la mattina del 25, i tortellini pingui nel brodo geometrico, cerchi di grasso dal diametro sublime, le lucine dell'abete che sfrigolavano accese tutta la notte che sembravano grilli panciuti che canticchiavano una ninna nanna e le davano la buonanotte, tutto era un enorme regalo. Un'enorme festa. Per lei. Solo. Per Lei.

Aveva deciso, nella piena età della ragione, di lasciarlo lì. *In aeternum.*

Abitava piccolo e robusto in mezzo alla camera, con le sue palline, eroiche superstiti alle balorde carezze feline, i suoi fiocchi e le luci sempre, per sempre accese, mentre si alternavano i ferragosti lenti e inetti, i settembri che odoravano di astuccio nuovo, le primavere, con i loro vomitevoli e pavidi colori pastello, piene di mal di pancia per le pagelle o la fine degli anni scolastici.

L'albero di Natale rappresentava l'esatta idea che Chiara aveva della bellezza, e lei la vita l'amava bella. Perché mai solo durante la sua festa si doveva rimanere incantati?

Da sempre aveva tenuto stretta tra le mani appiccicose di conserva, con un'espressione tra il piccato e il ponzante, un'idea di giustizia ortodossa, di quelle che a domanda ti fa solo urlare, «Perché SÌ! O perché NO!». Lei aveva sempre privilegiato una visione spontaneamente e meticolosamente assertiva della vita.

Il Natale era Chiara.

Perché il Natale era l'albero.

Perché tutto in lei era il Natale Albero.

A bocconi

A bocconi sul materasso. Si è lanciata. Come faceva da bambina quando era triste. Come fanno tutte le bambine tristi del mondo. Con la pancia piantata nel morbido, i piedi sul cuscino e la faccia in fondo al letto.

Con una mano si regge la testa scombussolata, con l'altra di sbieco, allungandosi come un micio, raccoglie una rivista da terra, tra la pila di quelle anni Novanta, che chissà perché, chissà come mai, aveva deciso si dovessero conservare: a volte era un vestito, a volte, molto spesso, un cerchietto per capelli, una collanina riservata in fondo alla pagina, una brocca, un tipo di finestra o di legno all'interno di un servizio di moda sognante, dipendeva dal momento, dipendeva dalla stagione, dipendeva dall'umore. Dipendeva.

In copertina una ragazza dagli zigomi ritti e la bocca a cuore, forse una modella, forse, indossa un costume intero sgambatissimo bianco, con sopra delle grosse fette di limone. Ha la bocca socchiusa e su questa, adagiata, una nuance di rossetto rosa-pornosoft anni Ottanta. I capelli biondi sono legati in una coda falsa-spettinata e ricciolini di invereconda precisione definiscono il tutto.

Un costume intero, bianco, un'adolescente che a quindici anni ha già la quinta di reggiseno e sogna un fidanzato glabro con la stessa intensità di una liposuzione o di un malanno che almeno imponga una lavanda gastrica dalle conseguenze blande solo in fatto di salute ma drastiche in fatto di peso, può solo guardarlo, da lontano, un costume bianco, mentre se le butta in corpo le fette di limone. Sperando siano molto astringenti.

Chiara sfoglia, scomoda, le pagine disarmonicamente ondulate e dure, segno della loro non poco sporadica frequentazione come sottopiatti di tazze, bicchieri e ciotole malferme, e piomba sulle rubriche: grimaldelli del sapere anni Novanta, che tanta sicurezza avevano saputo infondere.

È un numero estivo ma quello di Chiara è un *cœur en hiver*.

Un cuore in inverno.

Nonostante sia la sua camera e Beatrice sia là a due passi da lei, è freddolosa e triste, con quella sensazione di miseria cerebrale che si ha dopo un esame o dopo una sbronza.

Le manca Federico, le mancano i maiali, ovvero i

suoi tre gatti, Hermes, la sorella minore Cocò e l'ultima arrivata, Lorelei, la balorda.

Lorelei era una trovatella del quartiere africano, caduta a pochi giorni dalla nascita da un muretto dove la mamma l'accudiva insieme con i suoi fratellini. Una caduta rovinosa e salvifica.

L'avevano toccata e raccolta le premurose ma inconsapevoli mani della zia Gertrude che l'avevano subito riposizionata nella cucciolata sul muretto. Senza speranza.

Mamma gatta l'aveva annusata e respinta per sempre.

Quelle mani umane le avevano rubato l'odore.

Non più riconosciuta.

Non era più gatta randagia, ma gatta eau de toilette.

A Chiara manca il nido e anche se quello era stato il primo a scaldarle le penne, non lo riconosce più, o il nido non riconosce più lei.

Proprio come era successo a Lorelei. La balorda.

Si sofferma sulla rubrica degli animali. O forse è il pensiero dei suoi maiali ad accompagnarla proprio là. Tante lettere, tante storie così esemplificative, così dolci, così finte. Come l'ottone.

Il titolo della storia regina che campeggia in neretto è: *Brutto sporco e cattivo*.

È la storia di un cane vecchio, decrepito e cieco da un occhio. Abbandonato nella parte più buia di un canile.

Il ragazzo narrante, buono e radical chic, e radical chic perché buono, una sorta di Rosso Malpelo col loden, l'aveva notato subito, ma la fidanzata bella e buona e dalla coscia lunga s'era lasciata andare fino allo schema *randagio* sì, ma *randagio, vecchio e cieco* no.

Un po' come maglione di cashmere con buco E Birkin fa Pigneto o Brera, ma maglione di cashmere con buco E Carpisa fa solo Rumenìa.

Agnese, chiamiamola così, la fidanzata bella e scrematamente buona, alla fine, oltre ad adottare un randagio bello, che avrebbe chiamato Giasone o Pindaro o Tudor perché fosse chiara la sua frequentazione del classico e perché nulla di più chic c'è del dare un nome altisonante a un randagio sfiorandogli il muso davanti a una platea di apericenanti e sussurrare: «Lui è Sofocle, e lo abbiamo preso al canile tutto sporco, ma ora è tanto felice, vero?», alla fine insomma aveva accettato anche il cane vecchio, nero, cieco, zoppo, cattivo e triste, che era stato battezzato Nerone. Chissà come mai.

Pura avanguardia.

Il racconto termina con la metamorfosi di Nerone in cane esemplare, con la sua simbiosi col fidanzato radical chic, chiamiamolo Paride, con i loro giochi, la fiducia reciproca, le capriole, con l'amore di Nerone per Sant'Agostino o Tudor, il randagio bello, con la sua gioia per aver assaporato ALMENO nella parte finale dell'esistenza – ed erano tutte stilettate al cuore in inverno – un po' di felicità, UN PO' di vita.

Al mare, un giorno, Nerone aveva deciso di fare il

bagno portando con sé, in bocca, il suo amico di pezza e zoppicando per il dolore alle ossa era giunto alla riva, aveva fatto il bagno e poi felice, era morto.

Sulla sabbia. Sempre felice.

Chiara come un'anguilla dopata sul letto, in preda a un'afflizione che le arriva fino allo sterno, dilaniata, troncata a metà dalle lacrime e dal moccio che quasi la soffoca, balbetta solo: «Ne... Ne... (*asfissia*)... roneeeee... pove... (*asfissia*)... rinoooo... Noooooooo, pe... (*asfissia*)... rché???!!».

Nella sua mente ora ci sono solo Nerone e quella bambola di pezza sulla battigia. Soli.

Poi Federico, i suoi gatti, la cellulite, la pancia gonfia e orrenda, le doppie punte e la sua vita che è solo miseria.

Il moccico del naso, le lacrime, il dolore, la prostrazione.

E il primo giorno di mestruazioni.

La disperazione nella sua forma più perfetta.

Un bel sabato sera davvero.

Le Supreme

Domenica.
 È domenica.

Rudy, Diogene, Ernest il Parsi, il Barone, Celeste e Gunter. E naturalmente Giancarlo e Angelo.
 Il pranzo della Domenica era sempre stato un canto gregoriano in grisaglia, gabardine, donegal tweed o solar.
 A seconda delle mode. Mai delle stagioni.
 Il tavolo se n'era sempre stato sulla destra del salotto, solido, rettangolare e buono, parallelo alle due finestre occhiute e civette. Alla destra del lato corto del rettangolo c'era il grande camino.
 Era perennemente acceso, fino a date, mesi e stagioni proibitive.
 Ma Chiara amava il tepore quasi quanto l'arancione che il caminetto portava fuori da sé.

Chiara amava l'arancione per via del caminetto, amava le ore diciottoetrentacirca e i tramonti. Dei grossi caminetti naturali. Che scaldavano e arancionavano. Solo per lei. Ovvio.

Tutto ciò che era arancione sprigionava in lei un'euforia rumorosa, una cascata schioppettante di pluriball.

Le Supreme erano i commensali della Domenica. Gli habitué della sua infanzia, dell'adolescenza poi, ricettori dei suoi problemi, attivi quasi sempre, silenti quasi mai, fruitori delle sue bizze, acclamanti i suoi successi, partecipativi a qualsiasi cosa riguardasse quella femmina dai capelli rossi.

Le Supreme erano un divino, eterogeneo, ammaliante e vivido gruppo di froci, amici da almeno sei lustri.

Rudy, Diogene, Ernest, il Barone, Celeste e Gunter. E naturalmente Giancarlo, Angelo.

Coltissime, cattive, tenere, furibonde, amorose e spietate.

Avevano i background più incredibili, gli stili di vita più stupefacenti, i ricordi più miseri, ammirevoli e sconcertanti.

Tutti però erano accomunati da una fierezza materna, una concezione dell'amicizia liturgica e un amore celeste per lei, Chiara.

Anche se lei l'avrebbe preferito arancione.

Era una femmina

La Suprema Rudy tornò dagli Stati Uniti di domenica. Giusto in tempo per il pranzo. Era partito due mesi prima con un beautycase e un cappello a falda larga coordinati. In beige, che lo faceva sempre sentire tanto adeguato.

Era volato in Bassa California per una ricerca in soteriologia rituale etnica, i cui risultati, però, non arrivarono mai.

In compagnia di Rollerina, transessuale famosa nel Greenwich Village di New York per la sua abilità sui pattini nello schivare auto in corsa indossando eteree mantelle di georgette, anche a febbraio – finita in Messico per un amore sbagliato –, e di Achille, un compagno di corso, Rudy attraversò il confine e arrivò a San Diego. Poi più su.

A San Francisco si lasciò viziare dal pot-pourri di controcultura hippy, tacos di pesce e maschi mozzafiato. Non fu più lo stesso.

Il fermento ideologico e la contestazione neocapitalistica a base di diritti civili – e non per fazioni politiche, come accadeva in Italia – furono fatali. L'LSD fece il resto.

Scrisse una lettera alla facoltà di Teologia, che tanto poco aveva frequentato, un saluto dimesso ed educato, e divenne la mascotte delle Americhe. E degli americani. Per due mesi buoni.

Leggendari certi suoi movimenti d'anca, i denti bianchissimi e l'approccio talentuoso al pettine e alle forbici, con tecniche di taglio che stava via via acquisendo a furia di frequentare, inizialmente per rimorchio, certi saloni del Mission District in cui si parlava solo spagnolo.

Viveva alla giornata, tra lavori e amanti saltuari. Si drogava e poi si dava. E quando gli chiedevano «come stai?», rispondeva «sexy», con un occhiolino e un minisingulto della spalla sinistra che lo facevano sentire leggero, come Doris Day.

Achille, dopo un trip mal dosato, venne soprannominato "Maldives", Maldive, perché non riuscì più a far ritorno, almeno cerebralmente, da quegli atolli dove, in verità, non era mai stato.

Sembrava felice e Rudy, per il suo bene, fece l'unica cosa che al tempo gli sembrasse possibile: affidò Achille a un gruppo di ex Diggers, giovani dell'ambiente underground che un anno prima avevano clamorosamente fondato – nel quartiere di Haight-Ashbury – la Summer of Love, una comune pacifica e anarchica, il cui scopo era «celebrare una nuova alba spirituale».

Erano le 15. Rudy si truccò le labbra, baciò l'amico sulla fronte, lo salutò e finì a Castro per sbronzarsi. Dopo svariate tequila e un paio di amplessi incoscienti si svegliò con la faccia appiccicata nell'erba di una collina, il Kite Hill Open Space. Si tirò su i capelli, si pulì la bocca con un polso e, senza un dollaro in tasca, ordinò un caffè in una lavanderia, pensando fosse un bar.

Di Rollerina non seppe più nulla, tranne ritrovarla a New York, almeno dieci anni più tardi, nella locandina di un club del sabato sera, quando Rudy, già stimato coiffeur di soprani nella lirica internazionale, era stato ingaggiato in città per un lavoro alla Metropolitan Opera House.

Raccontò di avere conosciuto, nei mesi americani, Timothy Leary, padre degli effetti psichedelici, fondatore della Lega per la Ricerca Spirituale, che usava l'LSD come un atto di fede. «*Turn on, tune in, drop out*», il suo mantra, «accenditi, sintonizzati, abbandonati», Rudy se l'era pure fatto tatuare su una natica, sfidando un pentimento che negli anni – è vero – non arrivò mai.

Un po' per nostalgia, un po' per noia, al rientro, provò a importare il modello californiano in Italia, incoronandosi profeta del sentire d'oltreoceano.

«Fidati di me» disse ad Angelo.

«L'ultima volta che mi sono fidato di te ero una donna» rispose lui, più grande di quasi otto anni, le cosce muscolose disegnate nei jeans a zampa, la camicia a fiorami, i baffi prepotenti e i capelli afro. Praticamente un fungo allucinogeno.

Rudy convinse Angelo ad allestire nella grossa casa delle vacanze che la sua famiglia possedeva al Villaggio Coppola, lungo il Litorale Domizio, una colonia per il fine settimana. «Espanderemo gli stati di coscienza» ripeteva malizioso.

Selezionò personalmente gli invitati tra gli amici romani e non, basandosi su criteri assolutamente fuori luogo, che andavano dalla simpatia al portamento, dalla misura del naso e delle mani per gli uomini al colore dei capelli e alla timbrica vocale per le donne. Alla fine consegnò la lista ad Angelo. «Saremo in quaranta. Almeno all'andata.»

Promise LSD all'americana e pagine di antologie mai pubblicate di Marcuse, Freud e Che Guevara. Gli altri gli credettero. Tutti, tranne Giancarlo, che si godeva lo spettacolo divertito accarezzando le mani di Angelo mentre Rudy, la Rudy a stelle e strisce, spiegava ai presenti quanto autoritaria fosse la modernizzazione.

Erano tutti pronti e su di giri. Già in partenza.

In verità Rudy, fidato guru di quel rituale rabberciato, non distribuì mai droga alcuna – eccezione fatta per l'hashish che autonomamente qualcuno si portò da casa e sfumacchiava qua e là sentendosi oltre –, ma fece credere che nei drink che preparava, intrugli copiosi di alcolici scadenti, fossero disciolti acidi disinibitori dei perimetri dell'Io. L'amore, insomma, era libero più per pulsione che per induzione.

Maridora, la bruna al secondo anno di Filosofia, un giretto nuda nel giardino della casa effettivamente lo fece, con la sindrome della bambola da pezza, tipico mollume degli esuberi etilici. Quanti alberi lungo la sua promenade alla Lady Godiva. Le ecchimosi sulle spalle ci misero più di una settimana a scomparire.

Ciro – un meccanico di Secondigliano arrivato senza conoscere nessuno – si ritrovò sul divano di una veranda con Anna e Laura. Rideva come un pazzo a pensarle due metà di una stessa donna: «Come sto bene con te, Annalaura!». Ci mise due mesi a tornare con la sua fidanzata, una cicciottella napoletana di buona famiglia che scoprì tutto per colpa di una lettera gelosa, e che Ciro poi sposò, dimesso ma mai pentito, a settembre di quello stesso anno.

Rosario ci mise ottocentomila lire ad aggiustare la moto sfasciata per un'impennata da maschio alfa ubriaco e Rudy due aspirine e un paio d'ore di toilette per riconoscersi la faccia.

E infine la compagna di merende di Giancarlo, femminista passionaria con le gote decorate di squisite lentiggini bronzo e una laurea in Architettura fresca fresca.

Ci mise una distrazione, nove mesi e una scelta non sua per sentirsi ancora a posto, pur con l'anima ammaccata.

«Tienilo, ce ne occupiamo noi.» Angelo e Giancarlo erano coraggiosi.

Lei accettò. Se per morale o per fiducia poco importa. Lei però accettò.

Era una femmina.

«La chiamiamo Chiara.»

Telegramma
75004 Île-de-France

Carissima Chiara,

qui a Parigi per la settimana della moda è tutto davvero stressante. Forse troppo.
È un andirivieni, di signori coi baveri alzati, di stucchi, di rococò e brioche.
Il fatto che poi tutto sia pieno zeppo di questo burro mi provoca davvero tanti e tanti mal di testa.
Non si riesce proprio a digerire.
Ieri Edward e io siamo andati per le vie del centro per respirare un poco di cultura. Ho ripensato subito al perché Parigi fosse tanto famosa per l'eau de toilette.
Di necessità virtù.
Le spille hanno avuto un grande successo, in particolare tra le Signore di una certa Educazione. Il fatto che fossero anche commestibili ha reso il pomeriggio

un poco meno opprimente, tranne che nel momento del congedo.

Edward ha dovuto far pagare le spille, come spille, non come pasticcini. Anche quelle usate per il tè.

Io mi sono ritirata giusto un attimo prima perché, se c'è una cosa che mi fa scoppiare il mal di testa, sono i conflitti. Forse più del burro.

Tua Eleonora

Diogene di Santo Stefano di Sessanio

La Suprema Diogene era stato un enfant prodige. Più prodige che enfant. Da subito. Superbo oratore, fin da bambina, o nana come adorava chiamarla, Chiara l'aveva amato follemente: seduta sul suo tappeto bordeaux, rasserenato da intarsi ocra, appiccicata e appiccicosa, ne ascoltava le storie, avvolta dalle sue ginocchia morbide di gabardine, mentre lui si lisciava la barba profumata di Nivea.

Di famiglia umilissima, il padre era stato un fabbro: la sua fucina, una speloncamedievale simile all'antro di Vulcano, era sita in un villaggio sull'Appennino abruzzese che a Chiara aveva sempre fatto pensare a ciottoli, strascichi, mosaici colorati, piatti di latta, cosce di pollo ciccione e a *Ladyhawke*.

Era di dieci anni più giovane del babbo Giancarlo, si erano conosciuti a Firenze quando Diogene era studente brillantissimo alla facoltà di Medicina, tanto che il suo maestro, un chirurgo celebre a livello nazionale, l'aveva invitato a operare assieme a lui ancor prima che si fosse laureato.

Eccentrico fin dall'inizio e incline ai mascheramenti, girava per San Frediano e i Lungarni con una lunga e folta capigliatura, la barba e una grande cappa nera, un po' tra l'anarchico e l'artista francese fin de siècle.

Si muoveva spesso in compagnia di Gertrude, sorella minore di Giancarlo, parimenti geniale ed estrosa, che al tempo sfoggiava una lunga chioma di un arancione vivissimo, ottenuta con l'henné, e che si dava in volto una sorta di biacca che le rendeva la pelle candidissima.

Si facevano chiamare Orgoglio e Pregiudizio.

Per quanto squattrinato, era riuscito, non si sa come, ad accaparrarsi per un modestissimo affitto un appartamento spettacolare in centro, dove con quattro soldi riusciva a preparare cene prelibate, con un sapientissimo uso del dado, come soleva ripetere, per una ventina o anche più, cene che serviva danzando, con meticolosa liturgia petroniana.

La casa era sempre piena della gente più strana e "diversa".

Come Nero Wolfe, coltivava rarissime orchidee e suonava il piano.

Diogene amava raccontare alla piccola Chiara, che lo guardava con occhi di melograno, di come lui e il suo babbo Giancarlo da giovani ascoltassero l'opera a tutto volume e discutessero di ogni ben di Dio, ma in particolare modo di psicanalisi.

Chiara aveva sempre considerato alla stessa stregua Freud, Cappuccetto Rosso, Lacan, Pollicina, la Principessa sul pisello e Jung.

Erano tutti personaggi da favola. Senza meno.

Giancarlo a quel tempo, dopo Freud, aveva appena incominciato a familiarizzare col severo Lacan, ne spiegava a Diogene i complessi fondamenti, e i due assisi, assai spesso discutevano fino all'alba, come è d'uopo si faccia da ragazzi, da giovani, da arsi.

D'inverno però si moriva di freddo.

Con o senza dado.

Tolti i tanti camini attorno ai quali stavano sempre ad armeggiare, in casa di Diogene non c'era infatti riscaldamento (ciò in parte spiegava la bassa pigione) e talvolta, quando fuori nevicava, lui e Giancarlo giravano col cappotto addosso. Erano in realtà delle cappe, che con dietro-front fintamente irrinunciabili e repentini si gonfiavano come sottane, facendoli sembrare dei Wilkins Micawber in gonnella.

Diogene non aveva mai smesso di indossare quelle cappe e riproduceva lo stesso movimento, ogni domenica d'inverno in cui entrava in casa per il Supremo pranzo domenicale, per la gioia della piccola Chiara che battendo le manine eccitata, si nascondeva sotto quella mantella ruvida e piena di profumo.

Nonostante questo volare alto nei cieli della cultura, Diogene non aveva mai dimenticato le sue origini popolari, tanto che ogni anno, e questa era sempre stata una delle storie preferite della nana, il Venerdì Santo tornava al paesello per recitare nella *Turba*, una delle tante rievocazioni della Passione che, tuttora, scaldano e innevano i cuori di varie località d'Italia.

Diogene raccontava a Chiara della lunga processione in costume che si snodava dal paese fino in cima a una prossima altura e che era seguita con rigore da tutti gli abitanti.

Lui impersonava Cristo, la mamma la Madonna, il padre san Giuseppe e il fratello il Centurione. Arrivati in cima al monte, assieme a due altri che interpretavano i ladroni, veniva crocefisso, mentre la madre si rivolgeva fra lo straziato e l'inferocito verso la folla accusandola di averle ucciso l'amatissimo figlio (urla che lui gay, inchiodato sulla croce, diceva col senno di poi d'aver sempre vissuto come una sorta di recriminazione della madre contro la gente che, alla prima occasione, non avrebbe esitato a fare altrettanto male al suo figlio "diverso").

A volte riproducevano la processione in salotto, Chiara dietro, minuscola, con le manine giunte e gli occhi spalancati sulle spalle del suo amico Gesù che, con una gincana buffa e singhiozzante, la faceva sbattere contro le sue gambe e ridere tanto. La processione terminava davanti alla riproduzione di un'icona del VII secolo dei martiri Sergio e Bacco in cui i due santi erano in primo piano e fra di loro c'era un piccolo volto del Cristo, nella classica posizione del pronubo, cioè di colui (o colei) che si adoperava per procurare le nozze e ne era testimone.

Si finiva sempre con un inchino e due bacini. Uno per martire.

La svolta determinante della vita di Diogene fu l'improvvisa morte del suo secondo maestro che si era fatto carico di spianargli la carriera accademica. Il poveraccio, poco prima di spirare, aveva fatto appena in tempo a scrivergli una lettera di presentazione per un celeberrimo neurobiochimico di Harvard (un ebreo viennese fuggito dal nazismo) che lo accolse nel suo team di ricerca sul cervello.

Mentre studiava, continuò con i suoi eccentrici *hobbies*, che si portò con sé tutta la vita, soprattutto quando, anni dopo, si ritrasferì in Italia. Per la felicità della nana.

Diogene per Chiara era Mary Poppins, Nils Holgersson e Cenerentola. Tutto insieme. Aveva la casa piena di grandi pappagalli e di colibrì dei quali era in breve diventato tra i massimi esperti, ne aveva addirittura scritto su riviste ornitologiche, riuscendo per primo a far riprodurre i pennuti in cattività.

Il modo in cui li nutriva era la più grande, immensa meraviglia di cui la bimba avesse reso satolli i suoi occhi: egli simulava il modo naturale per cui il colibrì con la lingua, la quale somiglia in tutto a una pompa elastica, infila, volando rapidissimo, il nettare e lo risucchia. Così Diogene brandiva attraverso il salotto una lunga e sottilissima canna simile a quella da pesca, con in cima delle gocce di miele che i colibrì si lanciavano lestamente a suggere con voracità umana.

Chiara, ogni sabato pomeriggio alle sedici, ogni sabato ogni, dopo il pisolino postprandiale che era dal papà Angelo, napoletano, considerato salvifico al pari dell'aspirina, correva a casa di Diogene, che abitava nel palazzo accanto, per assistere a quell'incredibile spettacolo. Con le manine bianche, smerlate di rosso, perché adorava mordicchiarsi le pellicine fino a farsele gioiosamente sanguinare, aveva imparato, sotto il vigile e vispo sguardo dello zio D, quella danza di miele, gioia e di vita.

Alla metà degli anni Ottanta Diogene, negli States, era stato malauguratamente contaminato dal virus dell'HIV del quale, in quell'epoca di fuseaux e sostegni, invariabilmente si moriva. A Chiara era stato spiegato cosa fosse l'HIV nello stesso modo in cui le era stato detto come si facevano i bambini, le trecce e come si solfeggiavano le sillabe. Sinalefe compresa.

Diogene reagì alla malattia in maniera quasi prodigiosa, grazie anche alle sue non comuni conoscenze mediche che gli permisero di fruire al meglio dei pochi farmaci allora a disposizione, cui abbinò anche la medicina alternativa, cinese in particolare.

I ricordi più lontani che la nana aveva di lui erano proprio quelli in cui, prima di trasferirsi a Roma, veniva a far visita a casa Mancini.

Diogene appariva enorme sulla soglia di casa, con degli incredibili pacchi di erbe cinesi, che metteva a bollire per ore e ore, un rito, un incantesimo a cui Chiara assisteva scrupolosa tra i vapori della cucina, seduta, a guardarlo di spalle, mentre lui armeggiava tra i pentoloni e lei se ne stava seduta sulla seggiola di vimini, con le gambe penzoloni e la bocca aperta per respirare l'incanto di quella che certamente era una pozione magica. Diogene ne ricavava dei decotti che trangugiava regolarmente.

Intanto, la sopraggiunta morte del grande luminare di Harvard portò anche alla chiusura del programma di ricerca di cui Diogene faceva parte. Si trovò così disoccupato. I rapporti col mondo accademico che si era lasciato alle spalle in Italia erano oramai rotti e la laurea italiana in Medicina non era riconosciuta negli USA.

Non restava che rilaurearsi da zero, cosa che fece, per cinque durissimi anni, spostandosi a New York presso il Mount Sinai Hospital (sì, proprio quello di *Love Story*), dove ogni anno saliva di un piano che ospitava un differente reparto, fino ad arrivare all'ultimo, sigillatissimo, dove erano nel più completo isolamento i malati terminali di AIDS (esattamente come Chiara avrebbe visto accadere anni dopo nel film *Philadelphia*) che lui, nelle sue condizioni, dovette studiare e curare.

Al momento di scegliere la disciplina in cui alla fine laurearsi, viste le restrizioni che già cominciavano a profilarsi in America per i medici sieropositivi, ne scelse una che non implicava alcun contatto fisico col paziente: la Psichiatria.

Dopodiché volle diventare, oltre che psichiatra, anche psicanalista. Clamoroso fu il fatto che il celeberrimo Presidente della Società Psicanalitica Americana, Otto Kernberg (altro ebreo transfuga) lo accettasse come suo analizzando, lui che non aveva mai voluto prendere in analisi un omosessuale. Dopo i sei anni di analisi superati con successo, divenuto psicanalista, aprì studio nel centro di Manhattan, a due passi da Times Square, dove esercitò, con ottimi risultati, tanto che l'Associazione Psichiatrica Americana lo insignì del più alto riconoscimento, il titolo di *Distinguished Fellow*, attribuito agli psichiatri che hanno portato un significativo contributo alla disciplina.

Diogene si alzò la mattina del 19 dicembre del 1988, indossò la sua cappa, sbattè la porta del suo studio, andò al JFK, bevve un bicchiere di Amarone, prese un aereo e arrivò il 20 dicembre a Roma. Per il compleanno di Chiara. Non tornò più nel Nuovo Continente.

Non spiegò mai in maniera precisa o "razionale" il perché del suo gesto.

Si trasferì in un appartamento splendido proprio nel palazzo accanto a quello di Giancarlo e Angelo.

Chiara aveva otto anni e nulla le sembrava più normale e perfetto di così.

Ernest il Parsi

Ernest La Suprema era un omone dalla pancia e dai polpastrelli morbidi come il suo sorriso. Goloso e accogliente.

Era un Parsi, membro cioè di un'esigua minoranza etnica, concentrata soprattutto a Mumbai, originaria della Persia donde i Parsi fuggirono all'epoca della grande espansione islamica per insediarsi finalmente in India.

Ernest si sentiva, prima che Essere Umano, un Parsi.

Era legatissimo alle sue origini tanto quanto a quella Roma magnona in cui si era trasferito ormai un ventennio prima.

Cercava di lustrare il suo senso d'appartenenza alla casta e nel mentre dare una carezza anche al suo senso di colpa per la lontananza dalla terra natia, parlando, dissertando, esplicitando, raccontando tutto ciò che riguardasse la sua India, il suo essere Parsi, ogni benedetta volta che poteva. Una redenzione al gusto di tandoori alla amatriciana.

Ernest era un otorinolaringoiatra assai bravo. Laureatosi in Inghilterra, aveva lavorato non solo in ospedale, inquadrato nel sistema sanitario nazionale, ma aveva, nei suoi primi anni, aperto uno studio privato nella famosissima (per i dottori) Harley Street.

La morte o meglio la fine della vita o meglio la modalità dell'uscita di scena per un Parsi era precisa, importante, ed Ernest l'aveva sempre ben in mente.

Un patema per lui.

Spessissimo durante i pranzi domenicali esplicava a Chiara e alle Supreme i suoi crucci.

La religione dei Parsi è lo Zoroastrismo, la più antica forma di monoteismo che si conosca. Essi hanno un solo dio che è incarnato dal Fuoco, donde l'assoluto divieto, quando muoiono, di esser cremati, appunto per non contaminare l'elemento divino. Anche gli altri elementi (Acqua, Terra, Aria) non debbono esserlo e i cadaveri dunque non possono esser gettati nei fiumi, sotterrati o lasciati esposti all'aria.

Conclusione: i cadaveri possono solo essere sbranati dagli uccelli rapaci.

I morti vengono issati nudi su una conca forata in cima alle cosiddette Torri del Silenzio di Mumbai.

Un battito di mani e sopraggiungono spediti gli avvoltoi che li scarnificano completamente. Resta così lo scheletro che, consumato dalle piogge, colando attraverso il foro, torna alla terra.

Il rito però, si crucciava Ernest, era in via di sparizione.

Sovente a tavola mostrava la sua preoccupazione: «Vedete, Mumbai è cresciuta moltissimo e un sacco di grattacieli e condomini sono sorti nelle strette vicinanze delle Torri. Magari sei là che ti abbronzi sul terrazzo e ti arrivano in faccia brandelli di cadavere scivolati dagli artigli di un avvoltoio, altro che Hitchcock!».

E incalzava: «Io appiccicato su terga unte giammai, preferirei morire qui nel Vecchio Continente!».

Rincarava poi col fatto che gli avvoltoi fossero ormai in via di estinzione. «Non ci sono più gli avvoltoi di una volta.»

Per quanto pochissimi (poche decine di migliaia), alla stregua degli ebrei, i Parsi, amava narrare Ernest, avevano sempre costituito un'importante élite nella società indiana. Ricordava come Parsi fosse Tata, l'Agnelli indiano, Zubin Mehta, Freddy Mercury e tanti altri ricchi, colti e famosi.

L'immensa passione di Giancarlo, e delle Supreme tutte, per il melodramma che poi aveva tramandato anche a Chiara, molto meno ad Angelo, si era scatenata proprio a Londra, grazie soprattutto a due amici dalle professioni diversissime: Ernest il Parsi otorino appunto, che combinando la conoscenza del naso e della gola con quella del canto fungeva da curatore di moltissime primedonne di tutto il mondo che venivano a cantare a Londra, e il mancato teologo assodato parrucchiere per signora Rudy, che lavorando prima nel beautysalon di Harrods poi in quello di Fortnum & Mason, per un annetto buono dopo le Americhe, aveva anch'egli come clienti moltissime di quelle primedonne di cui era divenuto confidente e amico.

Le Divine cantanti, gonfie di sapiente lacca e non solo, li omaggiavano, omaggiandosi ancor di più, con biglietti per il Covent Garden, dove lui, Rudy e Giancarlo andavano gratis e spessissimo, sgattaiolando prima e dopo lo spettacolo nei camerini per spettegolare, blandire e ammirare quegli usignoli, fungevano da scintillanti cavalier serventi, accompagnandole poi per risotti nel dopoteatro.

Cene e risotti in cui magari ci trovavi Ava Gardner.

Il Barone Rampante

La Suprema Gustav, Barone di altissimo lignaggio, aristocratico, aveva una certa quanto poco inesplorata, a livello di convivio domenicale, commistione con la famiglia reale inglese che, da vero nobile, non amava troppo sottolineare. Anzi lasciava sempre cadere il discorso, esattamente come faceva con quella sua languida mano, quando parlava.

«Chi ha i cavalli in stalla può anche andare a piedi.»

Aveva alle spalle, ma mai sulle, solidi studi di Storia dell'arte presso la prestigiosissima Bibliotheca Hertziana, una sfrenata passione per il collezionismo di Design Déco (possedeva magazzini pieni zeppi di pezzi che a volte, solo quando aveva voglia, prestava per mostre a sedi prestigiose, come il Musée d'Orsay a Parigi), e collezionava membership nei circoli più esclusivi d'Europa.

Era bello, sciatto e unto, esattamente come hanno da essere i veri nobili.

Celeste nell'alto dei Cieli e Sua Eccellenza Gunter

La Suprema Celeste non amava essere così definita, perché per lui l'unica Suprema in Terra e in Cielo doveva essere la Madonna.

Era piccolo e piacente, lavorava in una biblioteca per bambini, adorava la bicicletta, alzarsi presto presto la mattina e soprattutto amava Gesù. La Chiesa. Il papa. E tutto ciò che profumava d'incenso.

Uomo attento, mite ma assolutamente irto nella sua fede, veniva continuamente messo in Croce dalle altre Supreme.

Mitici alcuni pranzi, al limite del Sinodo, in cui si passava dai carciofi alla giudia, alla Fallaci, che Celeste adorava, fino ad arrivare alla vituperatissima conversione di Gunter. Il pittore.

La Suprema Gunter scolpiva, disegnava, dipingeva.

Era nato a Caltagirone da una ragazza madre incautamente accoppiatasi con un Barone siciliano, poi emigrata in Svizzera dove aveva iniziato a lavorare come cameriera in un grande hotel di Lucerna.

Riservato, pacato, poteva sembrare torvo, Gunter era in realtà un amante dell'Umanità tutta, nella sua forma, essenza e molteplicità. Preferiva guardare più che parlare.

Le sue sculture *Diavoli*, *Acari giganti* e soprattutto *Il Bambino*, un enorme e malinconico infante, restituivano la più icastica rappresentazione del suo inconscio perturbante e perverso per via di quell'infanzia disgraziata.

Il suo talento era sbocciato a Venezia, dove aveva passato, con frequenti fughe a Parigi, gli anni focosi e trasgressivi della prima giovinezza. Mitici i suoi rifacimenti transgender della *Gioconda* e della *Nike di Samotracia*, prepotentemente cazzute.

Clamorosa era stata la performance alla Biennale quando rischiò l'asfissia strisciando nudo e unto di grasso all'interno di un tubo trasparente di plastica snodantesi sul pavimento di un salone di Palazzo Grassi.

Aveva cominciato giovanissimo anche a frequentare la vibrante scena artistica newyorkese degli anni Settanta, dove avrebbe potuto sfondare se il potente gallerista americano intenzionato a lanciarlo non fosse tragicamente scomparso, ucciso da una marchetta il giorno di Capodanno a Portorico.

Artista maledetto per forza di cose, si era affermato grazie a un'ispirazione autentica e molto sui generis accoppiata a una padronanza tecnica di primissimo ordine.

Improvviso il suo avvicinamento alla religione.

Essa era ora in assoluto primo piano nella sua vita, per via della conversione alla Chiesa Cattolica di Antico Rito Olandese, una versione riformata del cattolicesimo che ne accettava tutto, tranne l'autorità del papa, non condannava l'omosessualità e addirittura celebrava matrimoni tra gay.

Un Purgatorio per Celeste.

Gunter appena entrato nella Chiesa che, come si può immaginare, non annoverava tantissimi adepti, col suo ingegno non c'aveva messo molto a far gran carriera, tanto da essere in breve consacrato vescovo.

Le matte risate, quando le Supreme gli si rivolgevano con: «Sua Eccellenza». Tutte meno una.

Certo, la fede del Maestro Gunter era salda, ma la conversione gli offriva anche ampia opportunità di soddisfare e nutrire al massimo la sua Arte avvolto in abiti talari.

Si riforniva solo nell'esclusivissima sartoria del papa al Pantheon, Gammarelli. I migliori calzini rossi del Creato.

Celeste era tutto un *Ave Maria*.

Il goto

Quella domenica con tutto lo scombussolamento il pranzo con le Supreme non ci fu.

Chiara si alza tardi ancora stropicciata dalle lacrime, l'uggia, l'antidolorifico, Federico, Nerone e il costume bianco sgambato con le fette di limone.
Beve il caffellatte e legge almeno quattro volte le offerte della Coop sul volantino che Angelo aveva conservato, preciso, sulla tavola con tanto di annotazione: «Triglie del Reno, da provare».
Ripensa all'ultima volta in cui è entrata in un supermercato: è stato per chiedere di attaccare il cellulare scarico a una presa.
Che disastro.
Ora deve andare a prendere i gatti a casa sua, a casa sua e di Federico, di domenica pomeriggio. Non riusciva

a pensare a una cosa più triste dai tempi del Rocci e delle versioni di greco, un sentimento di oppressione e malaugurio.

Federico era un ragazzo di una bellezza assoluta e dolente.
 La sua stazza, la sua imponenza, il suo sguardo erano quelli degli eroi di un film di Pasolini o di Bergman.
 Biondo, occhi azzurri, con le estremità perfette. Mani, piedi, denti, orecchie, tutto era armonico, possente, delicato e ferocemente malinconico. Un vichingo. Un goto.
 Non ti saresti fermata a chiedergli un'informazione per strada neanche fosse stato l'unico cristiano nel giro di chilometri e tu sola bagnata e con una fetecchia al posto del cuore, semplicemente perché sarebbe stato impossibile intercettare il suo sguardo, ancor meno la sua attenzione.
 Si erano conosciuti sette anni prima. Sette.
 Il settimo anno.
 Quello della crisi del settimo anno.
 Il sette era anche il numero preferito di Chiara.
 Certe volte i detti spifferano quelle sadiche verità che puoi pensare siano coincidenze solo se fai il vago.
 Le veniva in mente il celeberrimo scatto di Nora Ephron, sceneggiatrice e donna che lei amava, immortalata a una cena con l'espressione di un gatto senza un occhio, che volutamente e con la naturalezza della disperazione se ne stava di spalle al marito, Carl Bernstein,

il quale sedutole accanto si sollazzava con una ragazza aderente alle sua ginocchia, giovane, con un bel taglio e una schiena volitiva.

Pure lei come Nora aveva provato a dar le spalle a quel settimo anno.

Ma quel settimo anno come Bernstein con Nora l'aveva lasciata senza un occhio. E senza cuore.

Chiara entra in casa, la libreria con il loro gomitolo dell'amore, il pavimento con le cementine trapezoidali nere e bianche a terra che fanno liceo classico di caratura, i soffitti alti e il calore di merenda. Le porte tutte colorate di un verde mare, infantile e regale, erano state ciò per cui Chiara, quel giorno di luglio quando Federico tenendola per mano, l'aveva trascinata come una bambina bizzosa per gli appartamenti candidati a nido e selezionati con raziocino pari solo all'amore, tra i calcinacci aveva detto, felice: «Sì. Questo sarà il nostro!».

Si erano conosciuti sette anni prima in un'agenzia di formazione per manager: Unconventional Education. Ivi si vendevano costosissimi corsi per grossi dirigenti appartenenti alle aziende più disparate ed eterogenee, accomunati alcuni da una tenera pancetta di strutto altri da una tartaruga farlocca disegnata dalla chimica, tutti da un'alitosi caparbia, sintomatica di un garbato malessere.

Erano giochi con la palla, marionette, corsi di teatro, anche solo momenti in cui si stava seduti all'indiana, questi i costosi corsi venduti dall'agenzia in cui Chiara e Federico si erano conosciuti. Pura avanguardia.

Venivano distribuite mentine all'ingresso.

Lui responsabile della logistica, lei entrata per una sostituzione, quando ancora studiava. Aveva mandato dei *curricula* così, per sfizio, in quei momenti in cui guardi il pc con il cucchiaino dello yogurt in bocca. L'agenzia l'aveva incuriosita perché giocare le era sempre piaciuto.

La villa in cui aveva la sede era appartenuta a una ex diva del cinema caduta in disgrazia, che si era trovata costretta a vendere la sua magione a giovani con le sneakers. Questo le conferiva un'aria assolutamente fuori luogo, piena com'era di fontane, affreschi troppo sbiaditi per la loro età, e in cui sembrava ancora di sentire il profumo dolciastro e appiccicoso di certe vecchie signore.

Quel lunedì di pioggia, il primo giorno per Chiara, Federico entrò nell'enorme stanza in cui si lavorava tutti insieme – perché appunto ogni cosa doveva essere così unconventional – con un montgomery a quadrettoni avana e arancione, il cappuccio in testa, i jeans a vita bassa usurati al punto giusto e uno zainetto: era biondo con gli occhi da micio, un misto tra il dio Odino e Ciccio Bello.

Non parlava. Era svizzero.

Si sedette di fronte a Chiara. Le loro scrivanie si baciavano.

Ogni tanto lei gli faceva qualche domanda e lui rispondeva più che altro suoni gutturali a bassa frequenza, a volte frasi brevissime o anche solo parole ma sempre molto ficcanti, anche quando si trattava di onomatopee. Senza mai alzare la testa.

La prima vera domanda che Chiara gli rivolse fu: «Ma tu, Federico, sei gay?», per lei la domanda più innocente del mondo. Per un maschio eterosessuale nordico, un biglietto di non ritorno per l'Ade. Spiaccicava non solo la mascolinità che non ha latitudini, ma soprattutto quella riservatezza, che al Nord è pane quotidiano.

«No» aveva risposto, per una volta alzando lo sguardo, più per intercettare il luogo di provenienza di tanto dolore.

E poi lei aveva continuato: «Sembri intelligente e ironico quando parli, solitamente le persone così sono gay».

«Ah, grazie» aveva replicato.

Una risposta che le aveva confermato il suo acume.

Chiara si mise a scrivere, senza pensare, il nome di Federico sul foglio delle presenze dei dipendenti che aveva proprio sotto i seni. Contornato da tante stelline. Come quelle che faceva sui lavoretti di Natale, piene di glitter e di Vinavil.

Federico le lanciava degli elastici quando lei non lo guardava. Quasi sempre.

Quegli elastici colorati voleva la raggiungessero, la pizzicassero, parlassero al posto suo.

Era il gesto più eroico che avesse mai fatto.

Quando si trasferirono nel nido, quella fu la prima cosa che lui, senza dire nulla, posizionò nella libreria.

Il gomitolo di elastici colorati che aveva creato, raccogliendo tutti tutti quelli che le aveva tirato.

Il gomitolo dell'amore.

Federico era quello. Un gomitolo. D'amore.

Anzi dell'AmOUre. Nella loro lingua, dell'AmOUre, appunto.

Chiara è muta davanti alla porta socchiusa color mare dello studio, Federico è alla scrivania, di spalle, con le cuffie sulla testa mentre gioca a *Battlefield, first person shooter*, un complicato giochino di guerra. Si era costruito il computer da solo, assemblando i pezzi ordinati in tutta Europa, un computer raffreddato con due liquidi, uno blu e uno verde, fosforescenti, simili a quelli che si usano per i radiatori delle macchine che però contemplano colori più umani.

Tre schermi. Tre.

L'Enterprise.

Federico non parla.

A Chiara batte la pancia come un tamburo, preferirebbe scomparire piuttosto che dare questo dolore all'uomo che aveva amato di un amore così grande, perché più grande pensava fosse quello che lui nutriva per lei, però un singulto di gioventù, di rivoluzione, o qualcosa di cui forse si era già pentita, ma che caparbia voleva portare a termine lo stesso, fanno sì che si senta parlare, come fosse una voce non sua: «Allora? Guarda che io sono andata dai miei! Prendo i miei gatti!».

I gatti erano il loro amore. Grande.

Non avevano figli e quelle tre creature erano il ricettacolo, la scodella, in cui mettevano favole, perline e giochi.

Federico prima di dormire raccontava ad alta voce le avventure dei tre fratelli, Hermes, detto Bobas, o Divas o One che a volte andava a sbronzarsi con i randagi di Largo Argentina bevendo svariati "doppi latte" quando i genitori uscivano, Cocò entrata nella fase adolescenziale e quindi ribelle e bisognosa di essere più seguita e poi Lorelei l'ultima arrivata, la balorda, grassa e incapace di esternare in maniera codificata il proprio amore agli altri. Proprio come lui.

Le favole erano sempre diverse e dentro c'era tutto di loro.

«Prendo i gatti, capito? Quali prendo? Perché non rispondi?!» col labbro inferiore sporto e tremulo.

«Vai» le dice.

Senza voltarsi.

Le spalle immobili, solo l'odore buono del suo studio, pieno di profumo, di pulito e di HE-MAN, tantissimi pupazzi, coreografati sopra la libreria dentro il loro castello di Greyskull, pezzettini della sua infanzia svizzera. He-Man era un personaggio immaginario, di genere fantasy eroico. Famosissimo negli anni Ottanta. Un ragazzone muscoloso con una zazzera bionda, pura incarnazione del maschio, dell'uomo buono e puro di cuore, forte fisicamente e moralmente.

Come Federico, col caschetto però.

Chiara non capisce più cosa debba fare. Guarda le spalle belle, guarda la balorda che si è sdraiata sulla stampante, accendendola.

Se fosse stato tutto normale, Federico si sarebbe voltato felice e avrebbe sicuramente intonato un garrulo: «No Lorelei, no! Sulla stampante di papà no, sei una ribelle e un'ingorda!».

Se.

I fogli uscivano cattivi, quella stampante cigolava brutta e il rumore era quello del dolore.

«Quando di una cosa si rovina un pezzo si deve rovinare tutta la vita» aveva detto una volta con quell'italiano bizzarro ma così preciso e puro che neanche De Mauro avrebbe eccepito.

Federico aveva una concezione dell'amore, del suo amore per Chiara, totalizzante e bianca.

Il fatto che lei avesse preso questa decisione aveva sporcato quel fazzoletto che era ancora prevalentemente candido, aveva ancora gli smerli, fatti a mano, ma era ormai disseminato di macchioline che lo rendevano sbagliato, sporco, inutilizzabile.

Chiara sente nelle orecchie quel rumore di implosione, quello di certi film di supereroi su cui Federico l'aveva negli anni resa edotta, il rumore che solitamente accompagnava i robot, quelli cattivi.

Si volta e corre via, attraversa il profumo di melograno dell'ingresso, quella pallina di terracotta comprata nella Farmacia di Santa Maria Novella in una delle loro passeggiate buone del sabato pomeriggio, e inciampa, si fa male ma non sente nulla.

La porta sbatte.

Federico con le cuffie afone nello studio buio, profumato, interrotto dai lampi delle pistole dei nemici che sparano e lo feriscono dentro e fuori e che gli illuminano il bel viso di bambino, la stampante che vive e Lorelei che lo guarda, muta.

Mignolina

Ficca la mano nel cassetto, sotto il Titti, il cagnolino di pezza che le era stato messo nella culla a un mese, ancora tonico seppur assai usato come sottogota per parare lacrime e paure, e agguanta il libro con le fiabe di Andersen.
Galatine in quantità.
La sua fiaba preferita era sempre stata *Mignolina*.
Federico l'aveva portata anche a Copenaghen, al museo di Andersen. C'era rimasta dentro mezza giornata. Tra i bambini dell'età media di otto anni.
Federico le aveva fatto tante foto.
E aveva ascoltato quasi mezza *Guerra e Pace* dall'audiolibro, aspettandola.
Mignolina era una bambina piccola come un mignolo, bella e felice che un giorno era stata rapita e portata lontano dalla sua mamma. Era stata presa prima da un rospo, poi da un maggiolone e poi da una talpa che la

voleva sposare. Placida, ma determinata alla felicità, era scappata sulla schiena di una rondine che cercava la primavera e che alla fine del volo l'aveva adagiata su un campo di fiori. Mignolina aveva trovato un principino bello ed era diventata la principessa delle fate, con le ali, con cui volare e andare a ritrovare la sua mamma. Soprattutto con cui volare.

Telegramma
NW1 7SU

Carissima Chiara,

stamane mi sono svegliata un poco con la Luna storta, anche se a pensarci bene non ho mai capito cosa caspiterina c'entri la Luna con uno che si sveglia. La mattina.
  Perlomeno si dovrebbe dire con il Sole storto. Ma mi è venuto il dubbio che un detto per rimanere in testa non debba proprio seguire la logica, anzi.
  Un po' come una donna, ho pensato.
  Per essere ricordata, per lasciare il segno, si deve pur avere qualcosa di storto, perché se tutto fosse diritto scivolerebbe via come una sottoveste di seta senza spalline. Che di per sé poi non è sempre proprio un male, ma non nell'ambito di un ragionamento filosofico come quello che sto facendo io.

In queste mattine penso molto. Non faccio altro che pensare. Sarà per via della Luna.
Lascia un uomo quando ancora piaci.

Tua Eleonora

Il trapano e la Signora

Tutte quelle carie. Saranno state almeno otto. Avrà probabilmente avuto una predisposizione genetica.

Suggere dosi epiche di Galatine non l'aveva certo aiutata. Però, miseria, tutte quelle carie. Sin da bambina. Chiara le viveva con un senso di colpa protocattolico. A quindici anni lo aveva chiesto pure in confessione.

«È peccato?»

«Tutto ciò che diventa vizio e che può far male va evitato. Il nostro corpo è prezioso, ci accompagna in Terra e dobbiamo prendercene cura» aveva risposto Padre Ascione.

Perché poi Padre Ascione dovesse nascondersi dietro un pannello ricamato per ascoltare segreti in cambio di atti di dolore, lei proprio non lo aveva mai capito. Tutti sapevano che in quella grossa scatola di legno piantata al centro della navata, delle risate schiattate dentro e dell'incenso freddo, c'era proprio lui, c'era Padre Ascione. Che senso aveva un tale mistero? Ma questa era un'altra storia.

Prona al sacro dettame, Chiara aveva detto un paio di preghiere e aveva accettato il vizio. Alle Galatine, le sue Galatine, non avrebbe rinunciato. Carie incluse. Aveva imparato a difendersi. Con la fantasia.

Otto secondi, sei secondi.

Chiara aveva iniziato a contare, come sotto contrazione da parto indotto, la durata dell'affondo del trapano nel dente, che in verità era colpevole pure lui, nella sua debolezza, se era finita ancora una volta sulla sedia del dottor Giuffré. Appuntava il dolore, ogni volta.

Tre secondi, sei secondi, nove secondi di quell'enorme zanzara metallica che le scavava il sorriso. Quanto la infastidiva il rumore del trapano!

Era riuscita a trasformare il male in tempo e il tempo in un gioco, e quel gioco era l'unico balsamo per legittimare la tentazione.

I suoi record li trascriveva in una Moleskine rossa, regalo di Giancarlo, che aggiornava di volta in volta: a lei il premio per la resistenza – dieci secondi –, al dottor Giuffrè quello per la solerzia – tre secondi di turbina odontoiatrica.

Il podio della vittima sacrificale aveva, di fatto, sostituito pure le penitenze che le avrebbe dato Padre Ascione.

Naturalmente Chiara era poi diventata un medico, aveva fatto la dentista, più che per emulazione paterna, proprio per trovare una spiegazione logica a quella tortura d'adolescenza. Caparbia nel capire, Chiara, lo era sempre stata.

Il lunedì mattina nello studio era sempre un Cottolengo.
Soprattutto quel lunedì per Chiara con un maglione largo e slabbrato, quello delle interrogazioni di filosofia del liceo che aveva sempre conservato come una reliquia, la pettinatura dimessa e nuvolosa che la faceva sentire tanto tanto fuoriluogo.
Il lunedì mattina dello studio associato era puro teatro. Quasi come se gli acciacchi, le paturnie e le gengiviti si dessero appuntamento tutte nel weekend.
«Non capisco perché sia ancora qui» pensa scorrendo divertita la cartella clinica della Signora Franca.
Il lunedì mattina, da un paio d'anni, Angelo non visitava più. Molti dei suoi pazienti però non lo accettavano o non lo ricordavano – che poi sono un po' la stessa cosa – e Chiara si trovava a dover arginare casi destinati a suo padre. Più umani che clinici.
«Sono lesbica.»
«No, è presbite. Si dice presbite, signora, pre-sbi-te.» La Frangipane era una cliente storica, creativa del lessico per ignoranza, nata misera e divenuta nobildonna grazie a una bellezza conturbante.

«L'occhio. Voglio parlare con l'occhio» le chiedeva un altro.

«Io invece spero continui a parlare con la bocca. In quanto a mio padre, l'oculista, le conviene prendere un appuntamento. Da martedì» rispondeva lei.

Il campionario dei pazienti era un argomento molto caro ad Angelo e Chiara, che non mancava mai a tavola, come il cestino del pane.

Un ping pong di aneddoti e deformazioni che i due si godevano col gusto sadico e la tenerezza che solo un medico può avere quando parla di un male. Raccontarsi della Frangipane, di chi voleva «parlare con l'occhio», di Maria, che si era finta cieca col marito perché lui le perdonasse una scappatella, o di quella biondina del quinto piano – che insisteva nel curarsi un ascesso con danze rituali nei giorni di Luna piena – era la battaglia navale di una bambina cresciuta e di un padre orgoglioso di chiamarla collega.

Di tutte le clienti dello studio, quella che più regalava soddisfazioni a Chiara, però, restava la Signora Franca. Signora per aplomb, più che per etichetta. Venuta quel lunedì mattina perché si sentiva sola e capricciosa.

«Un nonnulla, cara. Siamo all'ultimo atto di un restauro minuzioso. Sa, superati i settanta diventiamo opere d'arte. Facciamo patrimonio!» dice a Micaela, la segretaria, che lei definiva con dolcissima cattiveria «la ragazza alla porta».

Oggi Franca ha deciso che deve congedarsi dal suo ultimo impianto – e dalla dottoressa Mancini – con un bel finale. Qualche moina di Micaela e un mezzo giro della sua attualissima mantella di cashmere nella sala d'attesa gremita di plebe dolorante la faranno sentire distinta e sorprendente. Come la sua acqua di colonia alla rosa e vetiver.

Chiara non si aspetta nulla. Di Franca ha imparato ad amare anche gli insulti e le amarezze. Perché la divertono. Ha provato in diverse occasioni – a fondo perduto – a stuzzicare il complimento della divina habitué, ma niente. Franca è tronfia, immobile, come la sua cotonatura di tungsteno, che resiste sulla nuca anche dopo quarantacinque minuti di torture sul lettino odontoiatrico.

«Che c'è? Non mi guardi così, sa? Il segreto è nella lacca» aveva sussurrato una volta a Chiara.

La Signora Franca avrebbe preferito staccarsi le unghie laccate con una pinza a crudo piuttosto che dimostrarsi riconoscente. Figuriamoci nei confronti di un'altra donna, poi.

I complimenti lei li riceveva, non li pronunciava. Doveva essere così.

Una guerra mondiale, un padre tiranno, una vedovanza precoce coniugata a una spiccata velleità seduttiva l'avevano resa caustica e molto truccata.

La Signora Franca aveva settantanove anni. Non era

mai apparsa in pubblico senza eyeliner, il rigo nero che non cedeva mai. Neanche dopo un'estrazione.

«Ecco, signora, ho finito. Guardi.»

Uno specchio e via, la sedia di Chiara scivola verso la scrivania con lei sopra, soddisfatta.

«Grazie cara. È andata male. E con sconcerto» risponde lei, riflessa, senza dismettere neanche per un attimo il sorriso plastico, come pure l'acconciatura, del resto, ben scolpita. Chiara sa che Franca in verità è contenta. È che l'antifrasi è più forte di lei.

Erik bussa alla porta. È la profetica tregua di un match in rosa cipria.

«Permesso?»

«Vieni pure, Erik» lo esorta Chiara.

«Entra, caro, tanto qui abbiamo finito, grazie al cielo» ribadisce Franca, mentre si toglie dal collo un bavaglio di carta come fosse un foulard di seta cinese.

Erik ha meno di trent'anni e l'ambizione di diventare un bravo dentista. Ha gli occhi chiari, le fossette buone e il camice bianco brillante, da vero assistente entusiasta.

«Io non capisco perché debba essere sempre lei ad agire nella mia bocca. Le mani di una donna sono fatte per le carezze non per i trapani. Lei, dottoressa, è sempre stata una donna bislacca, ma è fidanzata?»

La Signora Franca non dà neanche il tempo a Chiara di rispondere.

«E lei, Erik?»

«Purtroppo sono ancora su piazza, signora. Chiara ti vogliono al telefono. È MaraElena.»

«Grazie, Erik, arrivo.»

«E comunque io, signora Franca, sono sempre stata una ragazza fidanzata. Ci rivediamo... quando? Venerdì? Lei e il suo sconcerto?»

«Senz'altro cara. Ah, dottoressa?» Franca si trascina la sospensione sull'uscio.

«Sì?»

«Lei è una donna, era una ragazza dieci anni fa. A venerdì. La saluto.»

MaraElena la Zebra

«Come è andata ieri?»

«Male. Me ne sono andata.»

«Bene. Vi siete sentiti?»

«Ancora no. È lunedì mattina e ho appena finito di rifare la bocca a Baby Jane.»

«Chiara, tu dovresti rifarti una vita invece di rifare bocche.»

«MaraElena, e rifare il mio pacchetto amicizie?»

«Lo so io a te che cosa ti ci vuole. Tu hai bisogno di uno che ti uccida di baci e ti resusciti col cazzo.»

«Tu sai che quando mi chiami non posso mai usare il viva voce? E sai che faccio proprio bene?»

«Amicah. Io te l'ho sempre detto: Federico è il principe azzurro, ma nella tua favola lei non vuole essere salvata, perché si salva benissimo da sola. Non tormentarti. Non sentirti in colpa! Tu sei maschia. Tu sei la principessa azzurra. E sai il principe azzurro e la principessa azzurra cosa fanno assieme?»

«Pendant?»

«No! Schifo! Fanno schifo, perché stanno di merda!»

Coi capelli che ancora le fumavano di piastra, i fuseaux zebrati e un ombretto cobalto volutamente ispirato alla *Cleopatra* di Liz Taylor. Chiara se la ricordava così MaraElena, la prima volta che la conobbe.

Anche adesso che era diventata la segretaria part time di uno studio notarile, con un guardaroba dai colori pastello che onestamente la mortificavano, MaraElena, per Chiara, rimaneva la ragazzotta tamarra che irruppe in ritardo nella palestra del liceo al primo giorno di prove del laboratorio teatrale.

«Scusate… Ma mettere un'indicazione? Dove siamo? A una riunione del Ku Klux Klan?» aveva sentenziato in quella che, di fatto, era stata la sua prima prova d'attrice. Magnetica! Merito anche della fase animalier.

Si fece spazio tra gli spalti come se sapesse esattamente quale posto le fosse assegnato: lì, vicino a Chiara. Senza conoscerla le sbatté in mano una pochette lurex, si tolse lo zaino e si sedette.

«Grazie.» Un sorriso e fu fatta.

Chiara la amò da subito. Perché riconobbe in lei un'orgogliosa fuori luogo, in una stanza in cui tutte volevano essere solo delle fuoriclasse.

MaraElena non l'aveva mai giudicata. Mai.

Né quando Chiara rinunciò alla gita in Belgio perché aveva promesso a zia Gertrude che l'avrebbe aiutata a ridipingere il negozio. Tortora per l'esattezza. Incomprensibile per MaraElena. La nuance, non la rinuncia.

Né quella volta in cui Chiara venne sorpresa a pomiciare sul divano dell'Ilaria durante una festa di compleanno con il fidanzatino Alessio, che all'oratorio, di pomeriggio, non le dava tregua: «OttoCanotto, ripetilo Chiara… OttoCanotto». La formula, pronunciata correttamente, restituiva a quell'impudente giovanotto la misura della futura e tanto sperata prodezza orale di Chiara che, per il suo appeal smaliziato, venne soprannominata – per l'appunto – "OttoCanotto Bebè".

MaraElena non giudicò Chiara neppure quando le spiegò che i suoi genitori erano due maschi, che era nata per merito dell'amore libero e che i papà l'avevano voluta perché crescerla, a loro che semplicemente si amavano, era sembrata la cosa più naturale del mondo.

Negli anni MaraElena aveva alleggerito il make-up, affinato gli studi di lirica – era un soprano drammatico e alternava il canto al lavoro nello studio notarile – e sviluppato una femminilità sopra le righe.

Le zebre la ossessionavano. Entrare nella sua camera era come fare un safari. Millantava che quando era nata la prima cosa che si vide uscire dalla pancia della madre furono un paio di tacchi zebrati.

Col suo essere micia, sfacciata, bellicosa, camaleontica, tanto da apparire magra il lunedì e burrosa il mercoledì di una stessa settimana, MaraElena, come Chiara, era una donna fallica. A differenza della sua sorella d'anima e di cuore, però, aveva tagliato i feticismi cerebrali come fossero merletti rosa. Gli zuccheri filati e i *macarons*. Aboliti.

Via le Barbie, i fiocchi e pure i cestini di paglia per il pranzo. MaraElena aveva masticato fiori di lana cotta come tabacco nel West e ingerito scatole formato famiglia di pillole anticoncezionali.

La depilazione però... Sempre impeccabile. Le sue origini sarde la obbligavano a una snervante manutenzione. Concreta, temprata, fatale.

MaraElena era diventata un uomo. Pur rimanendo una donna. Il sesso lo attuava, quasi mai lo subiva. A meno che non si trattasse di *bondage*, che pure la stuzzicava parecchio.

«Giovedì sera andiamo a teatro a vedere tuo padre e poi dopo usciamo. Fatti una ceretta e mettiti qualcosa che non ti faccia sembrare Alice nel Paese delle Meraviglie, per favore.»

«Tipo anni Cinquanta?»

«No. Tipo Gimmy il troione.»

OttoCanotto

Di bimba a quindici anni avevo poco
Gli amici mi chiamavano bebè
Scolara dal profilo generoso
Un giorno all'oratorio tutti i maschi quasi in coro

Non mi lasciavano più andare via chiedendo…
«Dillo Chiara, dillo!»
«Ma che cosa devo dire?»

Non capivo che volessero da me…
«Dillo Chiara, dillo!»
E da un orecchio sottovoce
Finalmente presi fiato e pronunciai…

«OttoCanotto!» io gli dissi così
E da allora io non fui mai più la stessa

Con due parole divenni la star
Della pronuncia perfetta

Almeno questo era quello che pensavo!

Alessio già da un po' mi stava appresso
Che baci sotto casa fino a che...
Mi disse: «Questa sera andiamo oltre!».
«Sei pazzo non ci penso.»
«Che hai capito, parlo d'altro... dimmi quelle parole che sai tu.»
«Ancora...??»
«Basta Alessio, basta!»
«Ma dai Chiara che ti costa?»
«Ha a che far con la mia bocca oppure no?
«Anche tu mi chiedi questa formula la dico
ma vorrei sapere che ci sarà mai...!»

«OttoCanotto» ci rimase così... «Aaaaahhh!!»
E da allora lui non fu mai più lo stesso
Con due parole qualcosa cambiò
Mi disse: «Sposami adesso!».

Voi ora tutti sapete chi è, (sono io!)
OttoCanotto Bebè.

Gimmy il troione

Nessun epiteto mai, nella storia greca, latina, nella mitologia, nella storia tutta, né Achille piè veloce, né il pio Enea, né Lorenzo il Magnifico, nessuno mai fu più calzante di Gimmy il troione.

Gimmy il troione era il vero nome di Ludovica Ventiquattro. Quello che ne definiva appieno l'ontologia, la natura, la forma e l'inclinazione.

Era una ragazza discretamente bella, che di discreto però non aveva nulla.

Era l'antitesi dell'innocenza e dell'infanzia.

Non era cattiva. Era semplicemente troia. Fin dalla nascita.

Gimmy e Chiara erano state compagne di classe dalla prima elementare, poi alle superiori fino all'università.

Chiara dalle lunghe e strizzatissime trecce, Gimmy

dagli enormi fiocchi di raso dai colori entranti e le mèches già in quarta elementare.

Sì, perché Gimmy accompagnava la mamma dal parrucchiere ogni sabato e si faceva le cose da "signorina" anche lei. Chiara aveva due padri, di cui uno con una calvizie incipiente, e una zia che si lavava i capelli con l'aceto. Come nell'Ottocento.

Aveva provato col Cristal Soleil, ne aveva buttato una confezione di soppiatto nel carrello del supermercato un venerdì pomeriggio, il giorno della settimana deputato alla spesa.

Giancarlo quando la vide uscire dal bagno trasalì.

«Sei una zolla» le disse.

Rudy a tavola la domenica ebbe quasi un mancamento e, col consenso di tutte le Supreme, le tagliò i capelli a carré. Rasati fino a metà testa. Come un porcino. Un taglio di grande avanguardia.

Sì. Per un gruppo di meravigliosi cinquantenni.

A Chiara sarebbero bastate le mèches, tanto tanto sostegno e lo scalpo di Gimmy.

Oppure morire. Seriamente.

Gimmy era sempre stata la prima a pomiciare, la prima a mettersi le calze di filanca, quando a Chiara toccavano gonne scozzesi, loden, camicioline della salute santa della nonna Orlanda furiosa e le scarpe correttive, per scongiurare i piedini piatti.

Chiara a quindici anni avrebbe voluto solo essere come Gimmy, troia.

«*Bon appétit*»

La chiave è al solito posto, sepolta nella terra umida di un'anfora di peonie. Angolo a sinistra. Gertrude, la zia, sorella di Giancarlo, alle tredici è puntuale, come le tredici.

«Bijou, saracinesca a mezz'asta, *s'il vous plaît*.»

"Bijou" in realtà si chiamava Sagith, era dello Sri Lanka, ma a lui zia Gertrude preferiva rivolgersi in francese. Comunque.

Un capriccio elegante, un rompicapo o forse l'abitudine di un amore bohémien, ma era così.

Sagith, domestico, assistente, paggio. Da quando *madame* poi aveva annesso al negozio di antiquariato anche un piccolo bistrot aperto solo nei weekend, Sagith, a cui era stato pagato un costosissimo corso di Nouvelle Cuisine – l'unica servita nel locale –, era stato incoronato anche "*grand chef*".

Gertrude, per l'occasione, aveva organizzato una cerimonia in stile berbero – lino bianco e finger food – un paio di stagioni prima, in cui l'unico a trottare, di fatto, era stato proprio il dimesso festeggiato.

«Zia, sei qui?»
Il cigolio della porta di legno e ferro, effluvi di segatura, olio paglierino e cipolle caramellate nelle narici. Gertrude era la padrona di quegli odori.
«Una coppa di champagne?»
«A stomaco vuoto? Prima di pranzo?»
«Appunto. Se ci metti questo, non è più vuoto.»
«Stai bene, zia.»
«Sto bene perché ti vedo, tesoro. E quando ti vedo sono felice. E quando sono felice io festeggio» dice, riempiendosi il bicchiere.
«E ultimamente sono molte le cose che mi rendono felice. Cin cin.»

Maestosi putti in bronzo, una consolle Luigi XVI, un paio di madonne bizantine e poi, alla fine della fila, lei, zia Gertrude, a braccia aperte. Tutto sommato ancora sobria. Indaffarata a fare qualsiasi cosa, da decadi.
Aveva scelto come scrivania un piccolo *secrétaire* barocco in noce, in fondo al negozio, accanto al giradischi e a un frigo bar sempre pieno, «per imbonire clienti o combattere la noia» diceva.

Una lampada ministeriale le illuminava le mani maculate di età quando batteva velocemente sulla tastiera del computer portatile mentre sonagli di anelli e bracciali accompagnavano le parole dei suoi polpastrelli.

Qualche lettera a casaccio, sintassi imbarazzanti da correzioni automatiche, manciate di punteggiatura: gli strafalcioni rimanevano nei suoi documenti. Un po' come nelle sue giornate. Gertrude non ricontrollava e quando scriveva, che fosse una bolla o una poesia, non era logica ma ispirata. Amava scivolare sui tasti disinvolta e distratta. A testa alta. Come Ray Charles al pianoforte.

Nonostante i faldoni della contabilità li avesse voluti rivestiti di tessuti nautici – Sagith ci aveva messo due giorni e un paio di ustioni da colla a caldo – li teneva nascosti, quasi fossero una vergogna.

Le foto, invece, poggiate sul piano in legno, guardavano fuori, spudorate.

Lei, pallida e giovane, e Diogene. Rossa. Un tipo.

Lei e Giancarlo. I fratelli. Che amore.

Lei, Giancarlo e Angelo. Vabbè.

Lei e Renato.

Renato. Eh... Renato.

Chiara da bambina.

Lei e Chiara a una festa. Chissà dov'erano.

Le facce di tutti loro sorridevano dai tempi andati ai clienti del negozio. Le foto sembravano in vendita, come se anche la vita di Gertrude fosse un bene antico.

«*Bijou, nous allons déjeuner*» urla a Sagith.

«Andiamo, tesoro» esorta Chiara, indicandole un arco tappato da un sipario, una grossa bocca porpora, che partoriva clienti incuriositi e affamati. Era l'accesso diretto al bistrot dal negozio di antiquariato.

Sul bancone di marmo bianco, una mensa esclusiva. Quasi romantica. Due piatti, due forchette, due calici pieni, due donne. Loro.

«Sono astemia, zia.»

«Tranquilla, bambina mia. Essere vegani è molto peggio» le risponde lei mentre si impossessa del bicchiere colmo della nipote.

«Come fai, tu? Sei risolta eppure sei libera» dice Chiara.

«Usi la parola "libera" come sinonimo di "sola"?» È seria Gertrude.

«Sì.»

«Si può essere felici stando da soli. Si può essere liberi amando qualcuno.»

«E che succede, zia, se ti senti infelice e bloccata amando qualcuno?»

«Succede che apri una bottiglia, che metti su un pezzo di Boris Vian e gliela dai. Per vedere se una buona ragione è rimasta per trascinare il relitto fino in porto.»

Ride Gertrude. Ride Chiara. Ride pure Sagith, senza capire veramente la sottigliezza della metafora, mentre serve una brodaglia misera, in suadenti ciotole di porcellana di Limoges.

«*Bon appétit!*» dicono all'unisono.

Il bistrot è vuoto. C'è dentro l'aria sospesa dei pomeriggi di primavera lenti e pieni di tepore, quando sai di avere la cena già pronta o di non dover fare i compiti. Gertrude e Chiara sanno cose che loro solo possono, perché – per una strana combinazione di sciocchezze burocratiche, destino e materiale umano – lei è stata un po' mamma e l'altra un po' figlia, pur non essendolo né l'una né l'altra né mamma e né figlia.

«Con Renato come è stato?» le chiede Chiara.

«Quando si muore tutto è perfetto. Come i nostri tre anni assieme: il tempo perfetto perché un amore rimanga perfetto.»

Renato era un chitarrista jazz, un amore travolgente.

Gertrude lo aveva incontrato in un piccolo club pieno di gusci di arachidi per terra e tavolini su cui rimanevano incollati gli avambracci.

Quel bel Renato, coi suoi capelli a cespuglio, l'occhio pieno di acquerugiola che per Gertrude era linfa, l'aveva fatta tornare adolescente, scalza e piena di batticuori.

Era diventata la sua cantante piano piano, prima con un brano di Viola Valentino, *Comprami*, suonata a bossanova, il cui effetto era assolutamente straziante. Poi con *Let's Do It, Let's Fall in Love* di Cole Porter, che lei sussurrava aggrottando il naso lentigginoso mentre guardava la nuca del suo Renato che sempre le dava le spalle, accompagnandola.

Dopo una vita passata tra palcoscenici di seconda mano e cocaina, di seconda mano pure quella, Renato si era convertito, grazie all'incontro con Gertrude, a uno stile di vita sano e senza vizi: cibo biologico e niente più droga. Voleva recuperare. Al più presto.

Il medico gli aveva detto che la carenza di vitamina A era preoccupante e lui, non uso ai medici, ma uso a dosi drastiche, pensò bene di rimettersi in pari ingerendo in un solo giorno un'insana quantità di succo di carota. Favoleggiavano quaranta litri. Diecimila volte in più del normale fabbisogno giornaliero. Una scelta fatale.

Dopo di lui, Gertrude non aveva più incontrato nessuno che la facesse sentire sempre in bilico, quasi sul baratro (e questo le piaceva tanto) come quello scapestrato musicista con cui passeggiava ore per mercatini vintage davanti agli stand dei vinili.

Dopo di lui, Gertrude non aveva più cantato.

Da quando Renato non c'era più, ovviamente Gertrude beveva solo bollicine – non acqua –, mangiava foie gras, insaccati, formaggi e la sola idea di macchiare il caffè col latte invece che con la panna liquida le faceva orrore.

Non pippava solo perché avrebbe perso l'appetito.

«Metti il pepe» dice Gertrude mentre trangugia il consommé. «E il sale!»

«Sai, zia, con Federico le cose...»

«Lo so. So tutto ma l'assenza non distrugge il vero amore» la interrompe. «Ho parlato con tuo padre. A proposito. Come sta? L'ultimo esame? Sta male, ohi ohi... Ha il cuore a pezzi. E in questo caso l'amore non c'entra.»

Il brodo era amarissimo.

Le braciole

Le frizzano le orecchie e al tempo stesso se le sente come due braciole calde. La pancia le fa male, tanto male come succede solo se si è tanto felici o se si cova un grande dolore.

La notizia del cuore malato del suo babbo le ha anestetizzato il pensiero. Non riesce a trovare nulla. I passi da mettere uno dietro l'altro, la gioia della luce del primo pomeriggio, i morsi all'aria profumata che ti saziano di vita.

L'idea dei suoi genitori è come la consapevolezza del guardarsi i piedi quando cammini.

Il suo cervello non può vedere, non può supportare l'immagine di un giorno senza quel suo babbo, così bello, così sicuro, così profumato, onnipresente e onnisciente.

Chiara è sempre stata una ragazza forte, perché felice, perché piantata bene a terra per via dell'acqua, del vaso, delle cure e del concime che aveva ricevuto in abbondanza. Qualsiasi problema le si presentasse, aveva sempre tenuto a mente il proverbio di Giancarlo: «Non ti preoccupare stella, non fa nulla se non è un male che il prete ne goda. Se non inficia la salute, se non è qualcosa che porta alla morte non è nulla che davvero debba preoccuparti».

Era un proverbio fatto di caffellatte e coperta, e lei l'ha sempre avuto davanti.

Davanti agli esami, agli amori sfortunati, alle angherie, davanti a quello specchio quando la mattina i suoi occhioni la guardavano smarriti e lui in vestaglia passava e la carezzava senza dire nulla, facendola diventare invincibile perché amata.

Non c'erano cordoni, non c'era mal di pancia che quell'immagine non riuscisse a curare.

Ma il prete ora aveva buone possibilità di godere.

Cristina di Svezia

Giovedì finalmente.

Il giorno della *mise en espace*, anzi dello spettacolo come Giancarlo avrebbe precisato.

Il teatro ZERO MENO.

Un teatro di quelli off di Roma, in centro, che son sempre piccoli, precisi, stoici, puntuti e umidissimi.

Frequentati da attori immensamente più bravi di quelli che calcano le tavole di legno più prestigiose, dotati però di piedi meno pregiati attaccati a corpi desiderosi di affrancarsi col teatro da correttore e mascara, ma che purtroppo riescono con fatica immane, a volte, a fare a meno solo del kajal.

Gli attori, le compagnie che lavorano nei teatri off sono quelli che hanno cominciato e hanno finito con un sogno.

Hanno studiato, hanno sognato e si sono sporcati,

sono quelli che recitano e si truccano da soli, si lavano i vestiti, si montano il palco, lo smontano, lo accudiscono, stanno seduti all'indiana con le magliette bucate belle, vive, su quel palco, che venerano come gli altri attori col mascara venerano un filler estratto dalle creste di gallo, sono quelli che avvolgono le luci come fossero neonati quelli che guidano la notte, sei per macchina, con la pizza sullo stomaco verso un altro piccolo e savio teatro off di Bologna, o Firenze, o Milano, coi loro fagotti, il trucco sbavato e una colonna sonora che profuma di rivoluzione e di vittoria.

Lo strazio nei teatri off, dovendosi autofinanziare, è la pratica della tessera d'iscrizione. La cosa disumanante non è tanto quella di dover pagare oltre al biglietto anche la suddetta, il che succede invero solo la prima volta, quanto quella di doverla riempire, ben bene, con tutti i tuoi dati.

Piccole tessere colorate e minuscole, dotate di tre puntini per il nome e due per il cognome. Adatte solo ad accogliere appartenenti alla famiglia Fo.

Nel foyer una fila, un brulichio, uno strascico di profumi, di effluvi tra i più ricercati se presi singolarmente, ma che mischiati sono una babele capace di far girare la testa anche a un palombaro.

C'è Diogene enorme, pingue, con una cappa leggera, laconico e pieno di dopobarba che gli regala un'aria da dopo spa, Ernest con una camicia coreana e un colbacco, Gunter dallo sguardo di burro, Celeste devoto alla Madonna che ha fatto appena in tempo a tornare dalla Messa, Angelo che si sbraccia, per aiutare tutti a compilare le benedette tessere con matitine grandi come mignoli, con un'aria eccitata e danzereccia, ci sono anche il Barone che pare La Linea di Cavandoli più magro, ma più dotato, che borbotta in un grammelot involontario e buffissimo, e Rudy venuto con un amico à la page. Gertrude nel cortile fa le carte alla cassiera, molto triste per amore, carte che si tiene sempre in borsa assieme a un lip gloss amaranto e a del Lexotan.

Trafelate, arrivano MaraElena con una tuta a zampa zebrata e un pellicciotto finto senza maniche, lilla, che le riprende l'azzurro del kajal.

Chiara, trascinata di peso, ha addosso dei jeans, dei fiori in testa e un maglioncino grazioso, nero, disseminato di zampine di gatto finte e di peli di gatto bianchi veri. Si ferma all'entrata e tira fuori dalla borsa due Galatine e il rullo appiccicoso per togliere i peli.

MaraElena col sopracciglio direttamente congiunto all'osso sacro: «Io mi chiedo: ma come siamo arrivate a questo punto?».

«MaraElena, lo sai che detesto i peli sul maglione. Mi fanno sudiciona!»

Chiara si contorce e rulla con cattiveria su e giù sui grossi seni.

«Poverina.»

«MaraElena, per favore.»

«Non dovrebbe essere quello il rullo che ti passi sopra che ti circumnaviga e ti metti in mezzo alle tett...»

«MaraElena, per favore!»

Le agguanta il rullo e lo lancia sul tetto del palazzo davanti.

«Andiamo.»

«Andiamo, va bene.»

«Tanto ho quello nano, il rullo nano, in borsa!»

Cristina di Svezia era, dopo Chiara e la madre l'Orlanda furiosa, il sempiterno amore di Giancarlo.

Di Chiara e di Gertrude.

E delle Supreme tutte.

Tutto in lei era fonte di culto.

Donna coltissima quanto orrida, la sua teatralità, il suo amore per la cultura, la sua tolleranza assoluta, il suo fasto, la sua spregiudicatezza, tutto in lei profumava di favolosità.

Cristina aveva avuto tra le sue mille attività e interessi il teatro sia recitato che cantato. E Giancarlo lo sapeva bene.

Durante le cene ma soprattutto i pranzi della Domenica, di solito quando venivano servite zuppe o tagliatelle al ragù, Chiara non sapeva quale associazione si stabilisse tra le sue sinapsi, iniziava solenne da capotavola con la luce del focolaio che dalle terga gli lambiva e santificava il cranio calvo e simile in tutto a una pera: «La nostra Drottning Kristina che squisito senso della teatralità ebbe, cara lei, quelle sue scenografiche apparizioni in pubblico, le sue coreografiche feste, i banchetti organizzati per lei e quel celeberrimo Carnevale romano… quando nel 1655 ella giunse a Roma e la città eterna fu al centro di celebrazioni che durarono mesi, mesi e mesi… che meraviglia, il famoso Carnevale finì per essere soprannominato il "Carnevale della Regina" che peccato non avervi partecipato. Noi però per sempre suoi fedeli sudditi, nevvero?».

E tutti invasati, Chiara compresa, coi bicchieri in alto, urlanti sempre e solo: «*Skål!!!*».

Skål per i vichinghi era il cranio dei nemici, per Giancarlo cristallo di Boemia.

Lo spettacolo, la lettura, la *mise en espace* si intitolava appunto: *Il Carnevale della Regina*, una summa, un compendio, di gesta, poesie, in particolare latine, scritte dal poeta metafisico Andrew Marvell, rielaborazioni di ciò che Cristina era stata, aveva compiuto, e soprattutto rappresentava per Giancarlo, Chiara e le Supreme tutte.

Innumerevoli le opere a lei dedicate in tutt'Europa nella storia da parte di letterati smaniosi di ottenere la sua protezione, un po' come lo erano le Supreme tutte.

Inutile dire chi, sul palco, fosse la Regina.

Dopo teatro #1

Un trionfo.

Era stato un trionfo e in tutti i casi solo così lo avrebbe definito Giancarlo per il quale non c'era altra parola che dovesse essere usata quando qualcosa era solo positiva e riguardava lui.

Era così: lui, dell'*aurea mediocritas* aveva sempre preferito l'*aurea* e basta.

Chiara sapeva a memoria le parole, tutte, perché da sempre, che fossero lezioni sul Trollope o le battute di uno spettacolo, Giancarlo era attore e Chiara prima aiuto regia e segretaria d'edizione, precisa nel dar le battute e correggerle, e poi spettatrice festante e adorante quel babbo ingombrante e bellissimo.

Ovviamente Chiara guarda lo spettacolo con le Galatine in bocca, ne aveva scartate una bella quantità per non disturbare, questo glielo aveva insegnato Federico.

Le gote gonfie e la testa in mezzo ai seni, con una mano sugli occhi e una sulla bocca, terrorizzata che il papà si scordasse qualcosa... terrorizzata che magari l'emozione giocasse un brutto scherzo alla sua testa, ma soprattutto al suo cuore.

Sipario.

«Bravooooo» in piedi tutte le Supreme, Gertrude che di recite ne vedeva da una vita e che mai se ne sarebbe persa una. In piedi MaraElena folle, che fischia con due dita in bocca come un camionista, operazione quasi odontoiatrica data la lunghezza dei suoi artigli. Da sempre venerava Giancarlo e insieme raggruppavano le cattiverie più feroci sorseggiando Pimm's.

Seduta Chiara, esausta, madida come dopo un parto.

Giancarlo irrorato di sudore santo, con la corona in testa storta, il trucco sbavato, le braccia a *Padre nostro*, su quel palco, ieratico, modesto, giusto ed ecumenico, come un papa, ringrazia.

Angelo, che di solito le sedeva accanto tenendole la mano libera dalle Galatine, stavolta si era ubicato dietro, in ultima fila, stranamente Chiara lo aveva perso di vista.

La processione accaldata, variopinta e odorosa procede verso l'uscita in fila indiana perché la porta del teatro permette il passaggio di una persona sola alla volta. Normopeso.

Ernest prova a passarci di sguincio mentre parla con

Rudy che non ha occhi se non per l'amico à la page, Ulf. Un nome esotico quanto il suo papillon. Diogene parla col Barone in cockney per farlo sentire a suo agio, Celeste si fa il segno della croce e ringrazia.

Niente saluti in camerino. Mai.

Giancarlo aveva dato da sempre precise indicazioni per cui in camerino era vietato andare. Lo trovava volgarissimo.

Un gesto di grande acume al quale gli attori che lo fanno di mestiere, non quelli veri come Giancarlo, non arrivano mai.

Il negare il passaggio in camerino era un gesto d'amore verso gli altri e verso se stessi *in primis*. Nessuno avrebbe dovuto mentire, caramellare parole, non si sarebbe dovuto respirare il sussiego indotto, la *pietas* e la reverenza con le ginocchiere. La verità era stato il motivo per cui l'avevano chiamata Chiara. Verità era stata la prima scelta, ma Angelo si era opposto, «mi parrebbe di rivolgermi a un busto di marmo coi capitelli corinzi». L'unica volta che Giancarlo aveva desistito.

Il gruppetto festaiolo se ne sta nel cortile davanti al teatro, Gertrude e MaraElena si scambiano consigli sul make-up.

«Strepitosa questa matita!»

«Si chiama Teddy» risponde Gertrude.

Si avvicina Chiara: «Color Teddy? Per via dell'orsacchiotto, quindi marrone?».

MaraElena la guarda e si limita a un sorriso che

sembra una paresi, Gertrude l'abbraccia: «Cara lei, coi suoi orsacchiotti».

Ci sono Ernest, il Barone e Diogene che importunano l'Ulf à la page mentre Rudy gli sistema il papillon e c'è persino la Signora Franca accompagnata da un cinquantenne smilzo e da un sorriso divino.

«Cara, bravo quel tuo padre» dice a Chiara.

«Grazie! Le è piaciuto?»

«Una vera regina. Peccato.»

«Scusi, peccato cosa?»

«Peccato non gli sia venuta una principessa, la saluto cara, ci vediamo giovedì venturo. Forse» e con una botta di manteau, guarda avanti e va, al braccio dello smilzo, come in un film di Billy Wilder.

Angelo non si vede.

Si sente a un tratto la voce baritonale e sbrilluccosa di Giancarlo, si apre la porta dell'ingresso artisti che dà proprio sul cortile e finalmente spunta Angelo.

Dietro, languido e spossato per finta modestia, Giancarlo, a braccetto con Federico, in un completo blu notte con una camicia bianca, imbarazzato e bello come non mai.

Chiara ha quasi un mancamento. MaraElena contenta, qualsiasi cosa strida la eccita.

«Ah» sbotta Chiara.

«Ah cosa? È il commento alla mia performance?» pronto Giancarlo.

«Ciao» gentile, appuntita e garbata, lei a Federico.

Brina delle Supreme ciarliere come un banco di pesci in un acquario.

«Ciao» risponde fioco Federico, con Giancarlo che se lo stringe.

«Meno male che nel camerino non ci vuoi mai nessuno!» aggiunge Chiara a quel suo babbo.

«Mi piacciono le eccezioni, quando sono ben circostanziate.»

«Ecco dove eri finito durante la lettura» fa Chiara sprezzante del pericolo ad Angelo, mogio come un cocker colpevole.

«Se quella per te era una lettura, mi chiedo quanti viaggi a Sumatra potevamo regalarci io e tuo padre invece di farti studiare» le dice Giancarlo.

«Fa troppo caldo per te a Sumatra, non lo sai?»

Angelo alza le mani come se dovesse tirare in aria il riso a un matrimonio: «Allora mangiamo un risotto a casa tutti assieme, come di consueto?».

Giancarlo col sopracciglio altissimo ad angolo acuto, «No, stasera ho bisogno di certezze e questo ragazzo me le sta dando, mi sorregge, mi sdebiterò con una cena e un po' d'allegria, andiamo Angelo» e ormai di terga: «Grazie a tutti, siete stati divini, ci vediamo domenica per il desinare».

Chiara, vergine di parola, impalata, guarda le nuche dei tre uomini della sua vita. MaraElena, Gertrude e le Supreme, tutti applaudono.

Telegramma
NW1 7SU

Carissima Chiara,

ieri sera Edward e io si è andati a vedere uno spettacolo al teatro pieno zeppo di negri.
 Erano incredibilmente dotati di ugole sopraffine e pieni di capelli.
 Tutti negri.
 Si svolgeva di certo in una stagione primaverile o comunque se non era estate poco ci mancava e comunque faceva caldo perché erano tutti scalzi e vestiti leggeri, con turbanti o fazzoletti in testa come si usa per andare in ispiaggia.
 Solo che devo dire che di spiagge non se ne sono viste, ma solo tanti tanti campi. Cotone credo che fosse.
 Allora io nell'intervallo ho chiesto a Edward di andare a prendermi qualcosa di rinfrescante perché a vedere

tutto quel caldo e quei piedi mi era venuta proprio una grande arsura.

Domani andrò a farmi una permanente o almeno un sostegno.

Un bacio a Rudy.

Tua Eleonora

Dopo teatro #2

«Gastone, stasera siamo in compagnia» annuncia Giancarlo, mentre scende divino le scale della sala da ballo. Il rettangolo luminoso all'ingresso racconta da vent'anni la stessa storia: «La Balera – musica e cucina».

Più che aggrapparsi al braccio di Federico, lo trascina, come un trofeo, dopo averlo stordito con complicati sillogismi sul teatro inglese del Novecento.

Angelo cammina qualche pensiero più indietro.

Che ouverture chiacchierata sarebbe stata quella: l'ingresso piccioncino dello stimato professore col bell'ariano dal fare ingessato.

Un nipote venuto da lontano?
Un ex studente?
Il capriccio di una sera?

Giancarlo amava le dicerie, le trattava come drammaturgie a suo favore, specie quando in un posto era di casa. A bordo pista, almeno a sette metri dai musicisti che altrimenti «anche una bella hit ascoltata da vicino diventa assordante» – come spiegavano a Gastone –, lui e Angelo avevano lo stesso tavolo più o meno da una vita. La tovaglia di carta conferiva un brivido proletario.

Lo avevano portato lì, Federico, dove avevano ballato per la prima volta il foxtrot abbracciati e dove mangiavano le alici fritte nei piatti di plastica. Con le mani. Non era possibile pensare a un tempio più adeguato della «Balera – musica e cucina» per guarire un amore o per brindare spudoratamente alla sua sconfitta.

«Ha visto che virgulto, Gastone? Ma non ci metta gli occhi addosso. È già impegnato, sa?»

«Non mi permetterei mai, professore. Stasera il dottor Angelo non c'è?»

Gastone era il proprietario della balera. Capelli tinti e compatti, dietro le lenti fumé gli occhi muti ne avevano viste di ogni e tanta era la sua *joie de vivre* che neanche un infarto, qualche mese prima, lo aveva convinto al riposo. Gastone era la balera. Icona erotica per vedove groupie che avrebbero devoluto all'INPS un mese di pensione per un cha cha cha palpato con lui. A cinquantaquattro anni Gastone restava un macho da piano bar in Costa Smeralda, maestro di cerimonie in una sala da ballo che un tempo era stata un dopolavoro ferroviario.

Lui, con un passato pieno di donne e tormenti mai raccontati, se non da qualche ruga ben portata, risolve il rebus di Giancarlo non appena vede Angelo sbucare dall'ingresso.

«È già qui. Che sciagurata sera!» si congeda mefistofelico Giancarlo ed entra in sala assieme a Federico.

Collane di lampadine colorate tagliano la stanza da un lato all'altro. L'effetto è fatato. Fa pensare al Natale, all'albero di Chiara o a un sottobosco shakespeariano, nonostante la mazurka e i revival di un complesso scalcagnato.

Marilena e Sara sono gemelle, coriste e prime voci della band. Felicemente sciatte. Cantano da anni avvolte in costumi lurex fotocopia, cuciti tra un latte bollito a colazione e una spesa al mercato dell'Esquilino.

Costumi di grande impatto, ma confezionati con tessuti infimi, tanto che le sorelle rimanevano sapientemente in mutande di tanto in tanto per una pausa sigaretta nel retropalco. Temevano di prendere fuoco fumando inguainate nei loro vestitucci da ribalta. A una loro collega, Betty, era successo. Ed era andata male. Molto male.

Giancarlo e Angelo adoravano Marilena e Sara.

Per quelle loro mèches senza tempo, per il timbro assolutamente anonimo e per l'entusiasmo stanco che mettevano nelle coreografie, eseguite alla perfezione, esibendo in volto sorrisi plastici che solo certe soubrette di un'emittente locale del Napoletano porterebbero con grazia.

«Siediti, Federico, noi ci mettiamo sempre qua» dice Angelo contento.

«È divertente» ribatte lui.

«Sì, e poi si mangia pure bene. Pigliati il pesce. È la fine del mondo.»

«Mia nonna cucinava sempre la torta, al giovedì. Quando andavamo tutti assieme alla casa al lago.»

«E poi?»

«E poi alla casa al lago abbiamo smesso di andarci.»

Alle prime note di *Más Allá* – cavallo di battaglia di Marilena e Sara: armonizzavano per terze – al pari di un «in altro i nostri cuori», tutti in piedi, pronti alla coreografia. Giancarlo, Angelo e Federico se ne stavano seduti, a passarsi come una mononucleosi il menu plastificato di un foglio solo, il menu che le signore usavano come ventaglio per asciugarsi addosso la fatica della pista.

«Federico, la vedi quella coppia di anziani, verso la porta. Quei signori eleganti, profumati solo a guardarli. Li vedi?» chiede Giancarlo.

«Sì» annuisce il genero come uno scolaro promosso.

«Loro sono i Raucci, coniugi affiatatissimi, da almeno… Quanto Angelo? Quarant'anni?»

«Eh sì… Una quarantina d'anni» conferma Angelo.

«I Raucci sono degli habitué qui alla balera.» Giancarlo alza il bicchiere di vetro ormai satinato di lavaggi per brindare con un gesto della mano e un cenno del capo alla signora Raucci, magicamente intercettata durante un fan.

«Loro ballano solo la rumba. Sempre la rumba. Da vent'anni. Vengono qui, ordinano qualcosa. Aspettano pazienti che passino il valzer, il samba e qualche *tiburon* di gruppo – orride tempeste a detta loro –, poi, quando sentono la rumba, senza dirsi nulla, si alzano, prendono posto e vanno. Capisci?»

«È triste» sbotta spontaneo Federico cercando conforto nel ragionamento di Giancarlo. Lui, mentre sorseggia il vino della casa, lo corregge.

«Guardali. Ti sembrano tristi?»

Federico li osserva.

I passi sono freschi, anche adesso che li riconosce usuali, mai usurati. La signora Raucci stringe la nuca del marito: è figurato, forse è un codice. Lui la guida, è una sposina. Escono da un movimento ed entrano in un altro con disinvoltura collaudata.

Le percussioni di *Más Allá* più che segnare, addobbano le movenze. E le movenze prescindono da Gloria Estefan, da un pavimento bagnato o da una brutta annata. La partitura è scritta eppure i Raucci sono beati nella loro rumba: medicina buona in quattro quarti.

Persino Federico, che se c'è una cosa che lo imbarazza più della danza è solo la danza, ha voglia di muovere il bacino.

«Chiamalo legame, intesa, comfort zone, ma se vuoi

anche abitudine, abulia, noia. Che importa? Qualcuno ha la fede, altri la psicanalisi. Lisa e Aldo Raucci hanno la rumba, che li rende vividi e immortali, e noi non possiamo fare altro che applaudire» dice Giancarlo che batte i palmi in loro onore appena l'ultima nota esce dalle casse.

E continua pedagogico e un po' sfidante: «Non è angosciante e forse meccanica sulla carta l'idea di una ripetizione simile dentro a una coppia? Fa paura, non è vero?».

«Signor Giancarlo, vede. Il fatto è che...»

«Dammi del tu, il Lei lo si dà solo alle signore. Vedi, Chiara non è una ragazza semplice, Federico, lo so» lo interrompe Giancarlo. «Lo so perché è uguale a me.»

Angelo annuisce.

«L'amore è inaspettato, disgraziato, altra roba rispetto a quello che ci hanno insegnato. Guarda noi. Noi siamo una tesi confutata. Eppure... Là dove il terreno è fertile l'amore si aggiusta, continuamente. Il che non vuol dire rinuncia o castrazione. "Amiamo la perfezione, perché non la possiamo avere; la rifiuteremmo, se ce l'avessimo. Il perfetto è il disumano, perché l'umano è imperfetto." Fernando Pessoa. Un genio.»

«Quello che Giancarlo sta cercando di dire, Federico, è che noi speriamo che tra di voi le cose si rimettano a posto. Non devono essere certo due padri omosessuali a dirti come trattare una donna, ma io penso che un po' di pazienza e una serenata possano aiutare. Chiara è solo una principessa.»

Sorride Angelo. Convinto di aver pronunciato un algoritmo risolutivo, come un caffè. Annuisce e sorride.

Federico fa come dicono i papà di Chiara: ordina il pesce. E mentre loro si lanciano in un geghegè si alza, sorride a Gastone, ordina una birra al banco. «Una, solo una, grazie» come avrebbe detto lei.

L'alcol lo rendeva guitto e buffissimo, come non era mai da sobrio. Gli mancavano gli imperativi nevrotici, i cuscini bagnati di lacrime per *Il Piccolo Principe*, i versi onomatopeici che Chiara sapeva inventare, sintetizzando in un «Ah!», «Nji» o «Va va va» i microcosmi che solo lui poteva esplorare e capire.

Lei era il suo alter ego etilico. Lei era Federico sbronzo e libero, e lui, per trovarsi, aveva bisogno di lei.

Solo, col suo bicchiere giallo, esplora «La Balera – musica e cucina». Il campo con la sabbia e le bocce gli fanno pensare alla vecchiaia. Più dei coniugi Raucci.

In quel posto, del Dopolavoro Ferroviario era rimasto poco. La bocciofila, invece, resisteva e con la bella stagione si popolava di indie di borgata e radical chic dei Parioli che amavano confondere un passatempo popolare con un appuntamento mondano. Sorseggiavano vino della casa nascosti sotto i loro grossi Panama mentre i più smorfiosi, afflitti da una qualunque dieta macrobiotica, al massimo una tisana detox ghiacciata. Un purgatorio.

«Fedcrico!» di spalle, con sussiego.

I nervi di lui reagiscono con uno scatto all'unisono.

«Che fai? Ti spaventi?» chiede Giancarlo. «Vieni, il pesce è in tavola.»

«E se uno si annoiasse a ballare sempre la rumba?» chiede bambino Federico.

«Per quello io risolvo col "Voilà".»

"Voilà"

Era un pomeriggio di collettivi universitari e di autobus in ritardo.

Altro che acqua e menta, ripetizioni di matematica e penniche postprandiali. Il liceo era lontano. Sentirsi grandi, invece, era facile. Per chi era fuori sede ancor di più.

Il 23 arrivava a sorpresa, con la sua carrozzeria verde stanco, tra i dissensi dei giovani perché, nonostante fosse in ritardo, l'autobus interrompeva sempre qualcosa. La pensilina faceva da bacheca universitaria, posta del cuore, giornale murale. Le colonne brune, con la tettoia che copriva attese e baci che sapevano di fumo, erano un palcoscenico *en plein air*. E, in quel pomeriggio di collettivi universitari e di autobus in ritardo, toccò a loro.

Giancarlo stringeva tra le mani un borsello di cuoio pieno di appunti come fosse il decalogo del Sinai. Traduzioni di John Fletcher, Ben Jonson e altri elisabettiani imbottivano i suoi comandamenti in pelle mentre la testa gli bolliva di concentrazione.

Il 23 anche oggi era in ritardo.

Tutti indaffarati: le proteste, un professore bastardo, cronache carnali e familiari. I grossi occhiali da sole di lei, l'odore d'inchiostro sulle mani di uno studente, *29 Settembre*, qualcuno la intonava male, un ricciuluto che legge, cosa? *Ventimila leghe sotto i mari.* Appoggiato alla parete come un guappo da copertina, i bicipiti sacrificati da una giacca di pelle, Angelo alzò la testa mentre Giancarlo gli vegetava davanti con un'espressione crucciata. Di lui arrivarono prima i baffi birbanti, scolpiti nel pelo, modernissimi, poi il sorriso curioso di chi aveva finalmente finito di aspettare.

E questa volta non era il 23.

Non presero l'autobus.

Camminarono assieme per un paio di chilometri e una quarantina d'anni circa fino ad arrivare a casa, la loro, difesi solo dall'amore. «A chi può far male? Chi dovrebbe mai ferire se non noi stessi nel momento in cui non staremo più assieme?» impararono a ripetersi ogni volta che sentivano la minaccia.

Una madre ingombrante, dire qualcosa di divertente

dopo essere stati chiamati froci – in verità più per proteggere l'altro che per sopravvivere all'insulto –, fare i conti con la monogamia biologica: tra la castrazione e la menzogna per i maschi era più facile scegliere la verità. Le minacce non si contavano.

Nessuno aveva insegnato loro come amarsi e così si erano arredati la vita proprio come avevano fatto col salotto: una vecchia coppia *ancien Régime* che involontariamente faceva avanguardia.

Le liti c'erano, i silenzi, le sveglie piene di incomprensione e le gelosie. C'erano pure quelle. Perché, di fatto, Giancarlo e Angelo erano una coppia qualunque, che viveva una normalità "tutta loro", fatta di alti e bassi e di quello che avevano da sempre chiamato il periodo "Voilà".

Quando le tensioni, dovute al lavoro, i piccoli screzi, dovuti alla consuetudine, appannavano la loro armonia, infatti, come per magia, uno dei due scompariva. Non andava lontano. Si spostava di pochi metri, in un piccolo appartamento in cui Giancarlo tornava a vivere da "signorino" e che era proprio di fronte alla loro attuale casa, nel ghetto di Roma, città in cui si erano trasferiti freschi di laurea.

Il "Voilà" rinfrancava, ricompattava, apparentemente dividendo, perché dava loro la possibilità di riscoprirsi agli inizi, vergini, con colazioni, uscite e certe volte dinieghi, tipici del primo folle e meraviglioso innamoramento.

Chiara era cresciuta in questa calda disarmonia prestabilita, con un'infanzia fatta di panini tartufati, favole dei fratelli Grimm, pane vino e zucchero, piedi neri e una puntina di "Voilà".

Olé

Non ci può credere, i suoi genitori a cena con Federico, magari alla «Balera – musica e cucina», e lei la loro unica figlia sola, abbandonata.

MaraElena si pizzica i seni, prima uno e poi l'altro portandoseli quasi al naso per rinforzare il push up, si mette una gomma in bocca e prende Chiara per un braccio, come Mangiafuoco avrebbe fatto con Lucignolo.

Nella Clio rossa si canta sempre Whitney Houston. Sempre coi finestrini chiusi, anche se ai semafori le contorsioni e le vene che pulsano sul collo non abbisognano di nessuna acustica. Il telefono come microfono per MaraElena, il girasole per Chiara.

Facevano di solito dei giri chilometrici, consumando litri di benzina per poter finire quello che doveva essere il loro repertorio.

Ogni volta doveva essere espletato solo in movimento.

Penultima *All at Once* e il commiato con *Run to You*.

Tutto inframezzato sempre da commenti, sempre gli stessi, riflessioni, sempre le stesse, su come una donna così piena di tutto, bella, fortunata si fosse lasciata andare, si fosse persa per colpa di un uomo. Di un maschio.

MaraElena si abbandonava alla descrizione della tecnica, della tessitura, della voce di Whitney, lei lirica e cantante, e Chiara era ipnotizzata nel vederla così puntuale e appassionata perché in realtà lo era solo quando si parlava di maschi, di zebre, di epilazione definitiva e di musica.

Chiara concepiva l'amicizia come l'amore supremo, l'aveva sempre pensata così.

«MaraElena, l'amicizia è l'unico sentimento scevro da implicazioni parentali e sessuali, io non ti amo perché sei mia sorella o perché facciamo sesso, no, un amico si sceglie, è amore per amore, capito? E io ho scelto te!» le diceva grave, stuzzicandola.

«Che culo» rispondeva lei, contenta, ridendo sotto i baffi e, se non fosse stata maniaca dell'epilazione, in quanto sarda, lo avrebbe fatto anche non in senso figurato.

Erano amiche da così tanto tempo e si conoscevano così bene da sapere che l'amore significa non parlare di un qualcosa mai, pur parlandone sempre.

MaraElena aveva avuto un grande amore e un solo grande dolore nella sua vita, di cui s'era detto con gli occhi, quella volta e mai più.

A ventitré anni era rimasta incinta. Frequentava l'Erasmus a Madrid. Faceva la ragazza immagine in un locale chiamato Delirio per arrotondare. Ed era finita per arrotondarsi anche lei, aveva detto a Chiara quel giorno, cercando di essere spregiudicata, durante quell'unica telefonata con addebito di chiamata.

L'aveva capito subito che stava male. Per la telefonata, non per l'addebito.

Aveva preso il primo volo, il giorno stesso, i soldi glieli avevano dati i suoi papà, subito.

L'aveva trovata in bagno, con uno di quei bastoncini che ti pugnalano a morte o che son bacchette magiche, seduta sul bordo di una vasca, con la tenda del bagno rotta, scalza e spettinata come in un film di De Sica.

Il bastoncino era stato bacchetta magica. Due mesi prima. Aveva due lineette sbiadite ma contente e lei lo aveva conservato.

Era sicura che sarebbe stato un maschio, come era sicura che il padre fosse Pablo, un pittore portoghese di Oporto, che le aveva insegnato a cantare il fado proprio due mesi prima.

MaraElena, il fado, ora se lo sentiva dentro e le rimbombava forte, come forte rimbomba qualcosa quando non c'è più nulla intorno.

Lo avrebbe voluto chiamare come il padre: Vittorio, l'unico uomo dal quale, una volta disse a Chiara, s'era sentita davvero amata. L'unico, e quando ne parlava lo faceva sempre in sardo cantando piano piano: «*Oe, cantande, appo miradu su chelu prenu de isteddos, su prus lughente fis tue, babbu istimadus*», oggi cantando ho ammirato il cielo pieno di stelle, quella più lucente eri tu, babbo adorato.

«Un po' lo volevo, sai?» disse, facendo eco, in quel bagno vuoto.

Chiara strinse la mandibola fortissimo, le prese il bastoncino dalle mani, cercò di non piangere con tutte le sue forze – sarebbe stato alto tradimento –, le alzò la faccia con un dito, le buttò all'indietro i capelli e disse solo: «MaraElena, ti trovo davvero una merda, tutta questa Spagna e questi tori non ti giovano affatto, torniamocene al nostro lungotevere, prendi le tue cose, dai un bacione e fai un grosso OLÉ a tutti».

Spezzò il bastoncino in due e ruppe l'incantesimo.

Non ne parlarono mai più.

«Io sono in fase ipoglicemica. Ho fame!» urla Chiara.

«Non è colpa mia se i tuoi genitori preferiscono Federico alla loro figliola.»

«Mara, per favore abbozzala che sono furibonda!»

«Perché mi chiami Mara e basta?»

«Perché mi sembra di sminuirti togliendoti metà nome.»

«Ma smettila! Comunque, bono Federico, il dolore lo rende bello, a te un cesso. Sei proprio una ragazza sfortunata.»

«Sembra sempre che le cose che ti dico non ti interessino, MaraElena.»

«Perché dici sembra?»

Sono praticamente arrivate sotto casa di Chiara, quella che è diventata di nuovo la sua casa.

«Bene, io mi sono truccata, depilata, mi sono procurata degli ematomi pizzicandomi i seni, visto che non ho una quinta naturale come la tua, anche se la tua è sommersa da lana cotta e quintali di pelo di gatto, per essere ancora sotto casa dei tuoi, dover scendere da questo catorcio rosso e scarnificare i miei tacchi nuovi e la mia dignità tra i sanpietrini del ghetto?»

«Sì. Che voglia di falafel, e tu?»

Ride MaraElena. Quanto ridevano insieme.

Luigi Guevara

«Io sono stanca di avere come amica una nana coi fiori di plastica in testa.»

«Non sono di plastica, sono di stoffa.»

Glieli strappa insieme a qualche capello e come nulla fosse torna placida a parlare.

«È una serata bellissima, si respirano alcol e sesso, li senti? La primavera ci indica la via, e noi siamo ancora qui, come dieci anni fa, a cantare Whitney Houston, a passeggiare sul lungotevere come due ottuagenarie e a mangiare cibo ebraico da asporto, perché è questo che mangeremo.»

Chiara se la stringe ricordando tutte quelle diciotto-etrentacirca, i pomeriggi arancioni sul muretto con le gambe a penzoloni a guardare il Tevere e a ripensare a tutti quei baci malriposti o maidati.

«MaraElena, è così bello qui, le cose importanti della

vita sono queste, una passeggiata, mangiare un cono gelato. Ci hai mai riflettuto? Anche le persone più cattive quando mangiano un gelato sono buone, perché fanno qualcosa che dà loro un piccolo piacere.»

«Sì, sì. Ci penso sempre. Davvero. Blanche...»

«Smettila, non sono pazza e so esattamente cosa mangeremo e dove!» Chiara accelera con MaraElena al seguito, claudicante, come se in ognuna delle scarpe avesse una manciata di ghiaia.

Eccole là. Con un grosso falafel in mano, sedute su un gradino in piazza Fatebenefratelli, all'isola Tiberina.

«A mangiare falafel davanti all'ospedale Fatebenefratelli, vedi Chiara, quando io ti dico che tu sei malata...»

«MaraElena, è poetico! Io amo stare seduta per terra. Mi ricorda che non puoi andare più in basso di così.»

«Sì che puoi, invece. Sotto terra. Sotto. Molto. Sotto.»

Si ferma.

Poi continua: «Zia Gertrude mi ha detto che il babbo Giancarlo ha grossi problemi al cuore, non mi ha spiegato bene, perché in questa casa tutti si fissano sulle figure retoriche più adatte invece che andare diritti: principale, soggetto verbo e complemento oggetto!».

«Sappiamo entrambe che tuo padre sta benissimo e che tutto dipende dall'ora in cui tua zia ha avuto questa conversazione. Se è avvenuta dopo le undici di mattina probabilmente tuo padre le stava parlando di una visita dal proctologo più che dal cardiologo.»

Era quello che voleva sentirsi dire, Chiara dà un morso al grasso falafel un po' più leggera, ma con la solita grazia, e tutto le atterra sui seni, mentre MaraElena le siede accanto, con le gambe divaricate da partoriente: simile a una scultura di carta pesta di un carro del Carnevale di Viareggio per quanti fazzolettini ha disseminati sul corpo. Ne escono solo le unghie zebrate e il naso.

Con un dito avvezzo al ripristino del cibo sul davanzale Chiara raccoglie pane e companatico e se lo mette in bocca.

«"O donna, chi sei tu?" Non chiesi: "D'onde venuta, di quali iddii messaggera?". Ma la conobbi subitamente, muta ed eloquente. Per sentieri profondi tratta me l'avea sola dall'armonia dei mondi il Desiderio.»

Chiara fa un balzo quasi affogandosi di falafel e, accovacciato come un giocatore di calcio nelle foto con la squadra, si trova davanti un ragazzo con una camicia nera, il naso un poco grosso, un poco storto, dall'accento strano come gli occhi e la bocca, vividi, invadenti e senza permesso.

«Piacere, Luigi.»

E aggiunge: «*Il dono di Afrodite*».

Appena conclusa l'ammaliante performance, MaraElena, che nel frattempo non ha smesso un secondo di masticare: «Grazie, Luigi, ma non abbiamo spiccioli».

Chiara con la faccia sudicia, la maglia piena di frittelle e il dito indice appena riemerso dalla bocca, lo punta felice e dice: «Gabriele D'...».

«No, Chiara, ha detto che si chiama Luigi» chiosa MaraElena scansando un fazzolettino per poterlo guardare in faccia.

Chiara, il dito e il falafel, tutti sono piegati verso Luigi.

«Piacere, Chiara» risponde un po' Alice.

«Ero qua a bere una birra e ti ho visto con quel dito in bocca, la cosa più erotica che una donna possa fare, perché credo poi fosse involontario.»

«Sì, sì, caro, tutto in lei è involontario, un po' come il riflesso al colpetto che ti dà il medico col martello sul ginocchio. Dipende sempre da dove è posizionato il medico quando te lo dà. E se il medico è maschio.»

MaraElena conosceva Chiara: il tipo da citazione, con la scarpa da ginnastica, qualche esame all'università e un lavoro da sicuro morto di fame, l'accendeva come del pelo curato, una bocca disegnata e un bidet oltre ogni ragionevole dubbio facevano ardere lei.

Sperava solo che Chiara non finisse come Giovanna d'Arco.

«Bene, questa piacevolissima serata, teatro, cena elegante e cabaret finale, per me termina qui» dice MaraElena alzandosi e scrollandosi di dosso i fazzoletti come fosse una margherita stanca.

«Sei perspicace, ma imprecisa, sono difatti uno stand

up comedian, quindi un attore, ma anche un'entità completamente antitetica al mondo del cabaret» dice Luigi sistemandosi al gomito il risvolto della manica della camicia.

«Dio. Che voglia di fantasia» MaraElena è già di schiena e lisciandosi le sopracciglia tatuate col mignolo schiva i sanpietrini, quasi giocasse a campana.

«Siamo rimasti in due. Due è il numero perfetto.»

«Veramente quello è il tre» dice Chiara.

«Ti sbagli. Ti sbagli su un sacco di cose, temo, facciamo due passi, ho voglia di fare un pezzo di strada con te.»

Chiara non era più abituata alla sfacciataggine, non era più abituata a essere libera di sentirsi guardare.

Luigi era un ragazzo spudorato nella sua voglia di attaccarsi a una passione che lo facesse sentire diverso, migliore di tutto.

«Scusa, non riesco a guardarti, sei troppo bella» le dice sul ponte, fermandola e mettendola alla prova. Col silenzio.

La frase più stupida del mondo.

È così contenta. Si sente così carina, si sentiva così speciale, così incapace in quel momento. Non le viene una battuta e non riesce ad andare più su del terzo bottone partendo dal basso di quella camicia nera. E non capisce proprio perché.

Chiara è una ragazza, una donna di una bellezza antica, riservata e schiva nonostante l'esuberanza delle sue mani e delle sopracciglia che incorniciano occhi di merenda.

È avvezza a sentirsi speciale, bella, simpatica, ma conosce le carezze tonde, gli sguardi che dicono tutto, spalancati.

È una sensazione di vomito e di esami, di mani morsicate e di Galatine.

Il mese di maggio, la primavera. Sempre foriera di grandi cazzi.

Ang babaeng humayo

Aveva detto «sì». Luigi se lo aspettava.

A se stessa aveva detto "MaraElena sarebbe d'accordo", mentre raddoppiava la dose di fard sulle gote pallide.

Ai suoi genitori quel sabato aveva detto «stasera esco» con la stessa spocchia di quando «stasera esco» voleva dire tutt'altro. Almeno un vaffanculo latente. Perché un po' ce l'aveva anche con loro.

Sempre assieme, appropriati, con tecniche di sopravvivenza sentimentale validissime anche quando impercettibili. Giancarlo e Angelo le sembravano ermetici, impacchettati nella loro felicità, sul divano marrone e tv, con uno adesso pure cardiopatico. E l'altro omertoso! Colpevoli di vita con quel «va bene, tesoro» distratto, senza neanche tradire per un attimo il film di Paolo Sorrentino che stavano guardando. La infastidiva anche Sorrentino.

La porta si chiude. Chiara esce.

È convinta di fare qualcosa per se stessa: con un vestito nuovo, il trucco più forte e una voglia malinconica in petto. Si sente pronta e tormentata, un po' come la sua amata Beatrice o una giornata calda di marzo. Federico lo avrebbe chiuso in un cassetto il tempo di un cinema e un dopo cena, poi chissà. Precisa, materna e responsabile con l'uomo che non voleva più forse lo sarebbe stata ancora, ma intanto aveva ordinato il suo frullato intellettuale a base di Che Guevara, stand up comedy e sesso orale. E pensare che il cabaret non l'aveva mai fatta ridere.

Mai.

«Che film vediamo?» chiede Chiara già devota a Luigi e ai suoi gusti.

«Questi posti non vanno bene» risponde lui esponendo un'arzigogolata teoria sulla distanza ideale tra schermo, occhio e proiettore. Ci butta dentro anche Platone e il mito della caverna. Chiara è andata al cinema con André Bazin.

«Mio padre è oculista. Eppure, pensa: questa proprio non la sapevo» risponde lei.

«Vedi! Adesso anche tu puoi insegnargli qualcosa» ammicca Luigi mentre la prende per mano, trascinandola nella fila giusta, dentro una piccola sala d'essai vuota di persone, ma piena di polvere e palpate al buio conservate bene nelle poltrone.

«Stasera guardiamo un Leone d'oro» spiega lui un attimo prima del buio.

Ang babaeng humayo, per tutti *The Woman Who Left*, era un film filippino di quattro ore in bianco e nero. Recitato in lingua filippina, per l'appunto. I sottotitoli, invece, erano in inglese. Una visione espansa, con lunghi piani sequenza e immagini fisse girate a cavalletto, che Luigi definiva «esperienza della fruizione» o «progetto filmico».

Per Chiara, invece, era semplicemente un'eutanasia.

Ang babaeng humayo era un limbo obbligato per connettersi con chi – da anni non ci pensava più – aveva osato chiederle un appuntamento. Un appuntamento, sì. Com'era contenta.

Del resto, un uomo che sceglieva di vedere quella roba al primo incontro o era egotico da ricovero o aveva una personalità enorme e disinvolta. Chiara avrebbe comunque preferito una commedia romantica, di quelle ben scritte, o un film da cui imparare qualcosa. Grazie a *Via col vento*, del resto, aveva capito che non sarebbe potuta essere niente altro nella vita se non una Rossella. Una Melania giammai.

Il suo cavaliere aveva scelto per lei. L'ossatura era salda. Il piglio e la fermezza di Luigi, più che la vicenda di Horacia, protagonista del lunghissimometraggio, l'avevano convinta tanto che anche le quattro ore – quasi un sequestro – le sembrarono la riverenza di un galantuomo.

Il profilo di lui era tagliato dalla luce bluastra di *Ang babaeng humayo*. Quanto la divertiva ripetere questo titolo ad alta voce!

Quel naso, la bocca, a reggergli il mento un pugno attaccato a un pezzo d'avambraccio scoperto dal risvolto sciatto di una camicia nera.

Era convinto, approvava, Luigi. Secondo Chiara quella doveva essere proprio la posa di chi condivideva, di chi annuiva interiormente. Lei allungava le pupille fino allo spasmo, la testa immobile, non solo per decodificare i pensieri e la pasta del giovine che le sedeva accanto, ma anche per capire come avrebbe dovuto guardare un film che, tutto sommato, le sfuggiva.

Così. Fino alla fine.

Le Galatine al posto dei popcorn.

«Intenso, vero?» chiede lui, appena fuori dalla sala.

È passato talmente tanto tempo da quando sono entrati che Luigi le sembra persino diverso. Più bello. Lei, invece, è diventata fotofobica.

A mezzanotte, nello stomaco di entrambi, c'è una guerra punica.

«Rigoroso, assoluto. Lav Diaz è un rivoluzionario. Abbiamo qualcosa in comune. In lui c'è la stessa rottura degli stereotipi che metto nei miei monologhi» spiega Luigi mentre calpesta con Chiara piazza Campo de' Fiori. Lui, con le sue Converse una volta bianche, e lei, con i tacchetti sul pavé che suonano la poca lunghezza delle gambe. Vuole mangiare. O scorticarsi le arterie.

Una piadineria aperta, ricovero di stranieri ubriachi e mendicanti nottambuli, è la loro Betlemme.

«Me ne fai una prosciutto, rucola e squacquerone? È la migliore. Tu come la prendi?» chiede a Chiara con la testa alta sul menu alla parete.

«Mah non saprei, forse...»

«Senti a me, prendila prosciutto, rucola e squacquerone.»

«Ok... E una Coca.»

«Per me una birra. Le piadine le portiamo via.»

«Ah sì?»

«Sì. Andiamo da me.»

Un bilocale, primo piano al Pigneto. I mobili sono quelli dozzinali delle case in affitto, ma i piatti sporchi di un paio di cene, gli asciugamani davanti alla porta del bagno e le cascate di libri tutte attorno sono personalissimi. Luigi trascina Chiara nella penombra come una bambola di pezza.

«Siediti.»

Davanti al divanuccio del soggiorno, un tavolino. Via i mozziconi di sigaretta e gli appunti. Per le piadine due piatti, per le bibite basta la latta. Chiara è a suo agio in quella tana bohémien, con le mani unte.

«Ti piace la bossanova?» le chiede Luigi.

«Tanto! Cos'hai?»

«Tu dimmi cosa vuoi» insiste lui.

«Stai parlando di bossanova?» Chiara lancia un sorriso di malizia pungente, stereotipato, uno di quei giochi che un uomo eccitato quasi mai traduce correttamente.

«Maria Bethânia» è la richiesta di lei.

Eu Não Existo Sem Você inizia con un movimento di archi.

«Allora, dottoressa, raccontami un po' più di te.» Luigi si mette seduto di fronte. «Com'è stato tornare a casa dei tuoi?»

«Non è facile, anche se inizio a pensare che sia la parte migliore di una separazione.»

«In che senso?»

«È il fondo buono della frustrazione. Arrivi in camera tua, a pezzi, dove a pezzi ci sei stata tante volte per mille altri motivi – un bacio, un esame, una ramanzina – e come per le mille altre volte c'è una medicina. La medicina è fatta di abitudini, di costanti. Che poi... cosa sono le abitudini se non certezze?»

«E le tue quali sono?»

«L'albero di Natale acceso, le Galatine nel primo cassetto del comodino, i miei: uno che parla per versi di Shakespeare, l'altro che prepara il caffè e si dispera per Gina.»

«Famiglia allargata?»

«No, anzi... Mio papà Angelo ha la passione per gli occhi e soprattutto per la botanica, ha un piccolo orto nel cortile di casa, il che è abbastanza peculiare dato che abitiamo in centro. Però non riesce a far crescere proprio tutto, i pomodori per esempio non gli vengono, per via di Gina.» Si ferma ricordando divertita.

«C'è una talpa che io una volta ho visto e credimi, non poteva che chiamarsi Gina.»

Luigi colpito: «Di solito le talpe non vivono in campagna?».

«Sì. E "di solito" i figli hanno un padre e una madre. Di solito. Ma stiamo bene così. Sia io che Gina.»

Ride Chiara. È triste perché pensa al cuore di Giancarlo, ma non lo dice.

E sul resto non ci si era più soffermata. Si era disabituata allo stupore. Da troppo non si raccontava a un estraneo. E quante volte quel discorso le era piombato sullo sterno.

«Sono figlia di due uomini. Io ho due papà.» Ha finito la piadina. Luigi, invece, non mastica più.

«Sono stata concepita durante una seduta di amore libero. Era la fine degli anni Settanta. Nessuna è più figlia dei fiori di me.» Un po' si commuove mentre lo dice.

«Sì, ma... Due uomini? Cioè... Tua madre?»

«Mia madre era una femminista troppo giovane, rimasta incinta per caso. Era amica dei miei genitori, in particolare di mio padre Giancarlo, e così quando nacqui mi affidò a loro che erano già una coppia e che si sono presi cura di me. Ho sempre pensato a lei come alla cicogna.»

«Ma la conosci? Vi vedete?»

«Sì. Ha sposato un manager e si occupa di complicatissime e inutili composizioni floreali. I suoi lavori le hanno anche fatto guadagnare un certo credito nell'ambiente e un paio di copertine nelle riviste di settore. Ci scriviamo alla bisogna.»

«Tu ce l'hai con lei?»

«No. No… Lei non era nata per fare la madre, non si è mai sentita tale tanto che poi non lo è mai diventata. Aveva capito che essere donna non voleva dire maternità e l'idea di assimilarsi a quella sovrastruttura sociale l'avrebbe resa frustrata, infelice e alterata.

«Non ce l'ho con lei. Piuttosto sono pazza dei miei due papà. Sono così divertenti. Dovresti vederli assieme.»

«Come si chiamano?»

«Giancarlo e Angelo. Uno fa il professore di anglisitica ed è un teatrante, l'altro è oculista.»

«Mi piacerebbe conoscerli. E tu… tu sei…»

«Io sono esattamente come mi vedi, Luigi» lo interrompe Chiara, lanciandogli uno sguardo secco.

«Sei bellissima, cazzo.»

La piadina di Luigi atterra nel piatto di plastica, lui su Chiara. La bacia con passione dimenticata. La storia dei due papà batte vestitino nuovo. Giancarlo primo attore anche qui. Mentre ci pensava aveva mani ovunque. Quanti erano? Poco importa. Aveva ragione MaraElena: in certi casi basta una lingua per sentirsi amate. L'amplesso fu pirotecnico. Il risveglio più incerto.

«MaraElena, MaraElena, non puoi capire. Ho passato tutta la notte a… Insomma l'ho fatto. Mi sento molto scarruffata e anche un po' rivoluzionaria… Avevi ragione… Lui sarà un poeta ma anche un toro!»

Ride garrula Chiara, al telefono con MaraElena, dal bagno di casa di Luigi, isolata da due giri di chiave di una porta sottilissima. Si guarda allo specchio: ha le mutande, il reggiseno e la borsa a tracolla.

«Cioè mi è piaciuto tanto. Non so se è dipeso dalla chimica, dal fatto che effettivamente, come dici tu, non ci conoscevamo poi tanto, ma quanto mi ha preso! Io se ci penso, guarda, mi viene voglia di fissare il vuoto! MaraElena…?!»

Un silenzio preoccupante.

«Chi sei?»

«Sono Chiara! E tu?»

«Io sono ancora truccata.»

«Sì, ma dal liceo! Dai, svegliati e dimmi che devo fare!»

«Ma per fare cosa?»

«Per rivederlo!» urla sfiatata e già un po' esausta Chiara.

«Dirglielo!»

Sull'ultima "o" di MaraElena, la maniglia del bagno si anima.

Chiara lancia un «arrivo!» che spera più forte della conversazione appena avuta. Seppellisce il telefono nella borsa, raccoglie le tracce di trucco con un polpastrello, si arriccia i capelli con le mani. Apre la porta, con la stessa disinvoltura con cui si aspetta l'autobus.

«Vuoi?» Chiara offre una Galatina a Luigi.

«No, grazie. Mangi ancora le caramelle? Beata. Io ho smesso. Sono diventato grande.»

«Senti, ti va di rivederci?»

«Quando?»

«Domani.»

Adagio

Squarciarla dolente e muta vale un giorno di vita.
 Sul lungotevere, in macchina, dopo la festa, prima della Messa, Roma è imbambolata. Alle otto del mattino non si vedono neppure i lavavetri ai semafori. Riposano anche loro alla domenica. Più sindacali che cattolici.
 A Chiara vengono in mente Fabio Concato in una Milano sospesa e il desiderio di una vita semplice, in un posto lontano, tra una decina d'anni, magari a infilare collane di conchiglie. Forse in Andalusia.
 Com'è facile perdersi senza traffico, con tutta quella libertà, col culo infossato nella Clio di zia Gertrude, tutta ringalluzzita dall'insolito vuoto di quelle strade sempre piene. Va. E Chiara con lei.
 Sulla pelle le si è appicciato un brivido di febbre, uno di quelli che passano dal piumone al petto, dopo una doccia d'inverno, dentro un pigiama piccolo, con una

luce fioca nella cameretta. Adesso però non ci sono né la flanella, né il bagnoschiuma, né una bambina. Roma è tutto un soleggiare e Chiara si sente così per aver fatto sesso che più sesso di così solo un'artrite.

La malinconia inizia a scaldarla, come il tepore del buongiorno sulla città.

È lassa, è guerriera, con le mani appicciate al volante e i pensieri veloci più delle ciliegie mangiate con le dita e delle ruote che la stanno portando verso casa, anzi no. Casa no.

Passa Ponte Garibaldi, fatto mille volte, che l'avrebbe spedita dritta al ghetto, a casa di babbo e papà, ma Chiara – o forse la macchina – non sterza. Giù verso Testaccio, con un respiro fermo nel cuore e la voglia di bere un elisir che la purifichi. Un sorso per riprendersi l'amore di Federico, un altro per sacrificare il cuore del cinghiale invece che quello di Giancarlo. Lui è Biancaneve, lei il Cacciatore.

Ci crede profondamente a quello che ha raccontato a Luigi la sera prima. «Le abitudini sono certezze» e anche se quasi non vuole ammetterlo, per non ammettere di essere fragile, sa esattamente dov'è diretta.

All'autolavaggio automatico, quello sull'Ostiense, quello dei gettoni giocattolo e delle ore disperate, Chiara andava ogni volta che aveva un dolore. Da quegli enormi calippi di setole azzurre e bianche piovevano indulgenze. Chiusa dentro la Clio rossa, si faceva annaffiare senza bagnarsi e con cinque euro si puliva l'anima e la carrozzeria.

Anche quella domenica deve essere così.

Nel suo rituale a base di acqua e strazi, sola, Chiara si incapsula dentro i finestrini come un'astronauta alla vigilia di una missione spaziale, con la stessa meticolosità di un lucido suicida.

Reclina il sediolino e si mangia tutta l'aria che può. Una colonna sonora, e solamente una, deve starle accanto in quel momento: l'*Adagio* in Sol minore di Albinoni. Il cd è pronto nel cruscotto. Rompere in caso di emergenza. Ogni volta che suonava le sembrava di perdere un pezzetto di corpo e piangeva. È pronta.

Le spazzole girano, la Clio prende vita. Albinoni è a un intervallo che ammazzerebbe anche un paladino. Gli occhi sono chiusi e i respiri profondi le asciugano la bocca. Sente la tempesta artificiale fuori, cattiva sui vetri e sul metallo. L'ha voluta lei, come un padreterno. Le spazzole sono all'altezza del cofano.

È andata a prendere i gatti e non l'ha fatto e Federico non ha detto niente. Il suo mutismo era la benedizione alla fine della loro storia o la difesa immunitaria di chi stava scoppiando dentro? Una lite. Ci voleva una lite. Una di quelle incazzature che fanno venire le vene grosse come vermi sul collo e finiscono in un amplesso sfiancante. Il sesso adesso, però, aveva la faccia di Luigi.

Non era tonico, ma la pancia la portava bene. L'assurdo pregiudizio che un intellettualoide non meriti quell'attività fisica aveva colpito anche lei? Aveva ragione MaraElena quando diceva che gli uomini brutti scopano meglio. «Devono compensare, si fanno perdonare a modo loro e generalmente è il modo giusto.»

MaraElena! Chiara avrebbe voluto solo lei accanto e invece doveva fare i conti con quello che Luigi le aveva appena lasciato.

Lei sopra, lui addosso, i baci sul collo, lui pastoso, due orgasmi sinceri che le stavano ancora nello stomaco, lei sotto di lui, lui sotto le lenzuola, devoto a un bisogno che Chiara si era messa da parte. Quel comico dall'accento indefinito l'aveva fatta sentire viva, colpevole e compiuta in una sola volta, come un'ostia all'altare senza confessione.

Le spazzole graffiano il tetto e le portiere. È circondata.

«Pienz' a' salut'» le diceva sempre papà Angelo: «Pensa alla salute», la consolazione passepartout.

E se fosse arrivato davvero il momento di preoccuparsi? Così, senza preavviso, era arrivato quel giorno di fronte al quale ogni figlio si copre gli occhi come accecato da una luce potentissima. Giancarlo stava male. Zia Gertrude glielo aveva detto e lei non ci poteva pensare.

Fanculo Albinoni. Riesce sempre a darle un colpo al cuore. Le manca il fiato, si sente calda. L'acqua improvvisamente l'aggredisce da fuori, come i pensieri brutti, e quel gioco in solitaria diventa una tortura lenta e senza scampo. Si mette seduta. Cerca il telefonino nella borsa con la mano destra. Deve chiamare Federico e parlare con lui, ma la sinistra fa prima e trova la maniglia. Scoppia a piangere.

Non resiste, apre. Esce e le grosse spazzole dell'autolavaggio, che le avevano sempre fatto simpatia, le sembrano per la prima volta orrendi mostri rotanti che più che benedirla le sputano addosso il suo malessere. Il rumore dei vortici è più debole dei suoi singulti. Piange come una pupa, senza alcuna possibilità di salvezza, da sempre.

In piedi, accanto alla Clio rossa, con l'acqua putrida dei getti che le sbatte in faccia e si mescola alle lacrime, è sola, coi raggi delle ore nove felici e l'*Adagio* che dall'autoradio non si è accorto di nulla.

Le spalle all'ingiù, la testa all'ingiù, immobile.

Con le mani si prende la gonna. È tutta bagnata ma non reagisce. Accetta.

Si sente poverina e inutile a essersi messa quel vestitino nuovo la sera prima e piange più forte, anche un po' per lui, quel vestitino a fiori, ormai rovinato dal sapone industriale dell'autolavaggio sull'Ostiense.

L'Orlanda furiosa
e Giancarlo Cuor di Leone

Giancarlo se ne sta seduto al tavolo, in vestaglia, con le gambe accavallate e una cascata di copioni e quotidiani da colazione.

L'angolo della tovaglia sinistro è bruciacchiato.

Ogni angolo sinistro, di ogni tovaglia, lo era. Per via del camino. Sempre troppo vicino. Sempre troppo acceso.

Giancarlo se ne doleva ogni volta. Era il corredo che sua madre, l'Orlanda, detta furiosa, aveva destinato a Gertrude (all'anagrafe Gertrude, Imola, Teodolinda, Maria), sorella minore, la quale aveva testualmente proferito, intorno ai tredici anni: «Preferisco essere arsa come Giovanna d'Arco piuttosto che giacere sulle lenzuola di lino e cotone massiccio con le cifre ricamate a mano che mi scartavetrano il deretano».

L'Orlanda si era battuta il petto più volte addolorata, ma mai sconfitta: «Oh via amore, Gertrudina tu ti sposerai anche te, guarda di tenerne di conto di codesto corredo, ti farà comodo, dai retta alla mamma. Ché chi ti fa più di mamma ti inganna, ricordatelo!».

A differenza del romanesco in cui è un continuo 'etto e 'etta, a dirla tutta, davvero poco velatamente canzonatori, in fiorentino esistono solo gli 'ina 'ino, i Chiarina, i Giancarlino, la manina, il capino, che non diminuiscono o esacerbano, ma anzi vezzeggian davvero, con amore e delizia.

Giancarlo si era dunque aggiudicato, grazie alla colorita intemperanza di "Orgoglio", il soprannome di Gertrude, tutto il corredo dell'Orlanda furiosa. La cosa non gli era dispiaciuta nemmen un pochino.

Sulla ribalta delle lenzuola, sulle federe, sulle camicie da notte erano impresse le iniziali G.I.T.M. (appunto Gertrude, Imola, Teodolinda, Maria).

La giustificazione assolutamente razionale che ne dette Giancarlo da buon anglista e superbo egotico fu che esse fossero l'acronimo di *"give it to me"*, "dalle a me!". Anticipando peraltro un simpatico brano di Madonna. Si fregiava.

Tutte le paia di lenzuola, con annessa camicia da notte, ogni parure insomma, con la "e" finale bella marcata, come venivano apostrofate dall'Orlanda, erano profumate di lavanda e legate con un filino di raso, rosa per lo più.

Quei fili erano la parure. Tutto erano. Per Giancarlo.

Quelle esili venature di delizia rosa erano l'eredità dell'Orlanda.

Chiara l'aveva conosciuta, l'Orlanda. E amata senza una fine.

Tonda, vispa, con dei capelli lucidi e gli occhi concavi e sbrilluccicosi, capaci di tenere dentro tutto, come lei.

Era una matriarca dal naso a patata e le mani così lisce che quando da piccola lavavano la faccia a Chiara, sembravano olio d'oliva. Di quello verde, toscano. Bono… che l'Orlanda metteva sulle fette di pane per la merenda.

«Non si entra con la roba scura nel letto. MAI. Non si mangia in camera. Bisogna essere precise e rimanere intoccate come una violetta. Almeno finché non ci si sposa.»

Porella. Come le era andata male con i figlioli. Né intoccati, né sposati e col letto pieno di briciole e arcobaleni.

Aveva provato con la nipote, con Chiara, perché coi fratelli G più che violette eran sempre state rose, belle, ma piene di spine.

Come insegnava Gina (Lollobrigida), l'Orlanda perlomeno l'attribuiva a lei: «Per amor della rosa si sopporta anche la spina».

Ma soprattutto la si deve concimare per bene.

L'Orlanda se n'era andata alla soglia dei quindici anni di Chiara. Le aveva lasciato in eredità degli orecchini di filigrana in oro zecchino appartenenti alla sua mamma e un'anima che profumava di violetta. Altro che detergenti per automobile.

Zuppa di dispiacere, non prova neanche a rimediare al disastro dell'autolavaggio, né un phon, né un asciugamano, portandosi fino a casa così, bagnata di un'angoscia che finalmente riesce a provare.

Nel cortile interno del palazzo entra senza proferire parola, ipnotizzata, una lastra di nervi in tutto, tranne nei piedi che ancora ciacchettano isterici l'acqua nelle scarpe. Angelo è indaffarato nel piccolo orto di pomodori, melanzane e basilico. Lo aveva allestito nello spazio condominiale comune, a piano terra e, di fatto, col beneplacito degli altri inquilini, ne era l'unico fattore.

Chiara lo supera, senza che lui si accorga di nulla, e sale le scale. Entra e va diretta al suo obiettivo.

«Ha tratti regolari eppure non si può dire che sia bella. Troppo alta e troppo massiccia. I suoi tratti non sono regolari, eppure la si potrebbe dire bella. È un po' troppo piccola e magra. È insegnante di canto.» Giancarlo declama dalla *Cantatrice calva*. Aveva deciso di cimentarsi con l'assurdo e iniziare da Eugène Ionesco gli sembrava l'idea più appropriata.

«Tieni, tu sei la Signora Smith.» Allunga a Chiara, con la testa bassa sulla partitura, una copia del testo. Ne aveva sempre una pronta – in caso – per un duetto tra studio e corridoio, anche se nessuno, come la sua bambina, sapeva leggere come lui desiderava.

La mano finisce col foglio e resta tesa. Chiara non lo prende. Giancarlo alza lo sguardo e la vede tutta bagnata, sconfitta e un po' morta. Se Angelo l'avesse vista sarebbe andato in arco isterico e poi avrebbe preparato un caffè.

«Ti vedo bene. Interpreti Esther Williams nel remake della *Ninfa degli antipodi*?» chiede Giancarlo con le pupille spinte in alto dagli occhiali sul naso.

«Perché non mi hai detto niente?» urla Chiara con le lacrime in bocca.

«Pensavo fosse chiaro. Abbiamo ancora bisogno di coming out in questa casa? Sì, va bene... Sono gay.» Agita le pagine.

«Ho parlato con zia Gertrude, babbo.»

«Tua zia parla molto, Chiara.»

«Guarda che la cardiopatia dilatativa non è una sciocchezza. Tu sai che significa? Lo sai?» La voce quasi le si rompe.

«Vuol dire che ho il cuore troppo grosso ma senza tono muscolare. Non ho mai amato la palestra.» Ripone i copioni, ammassa i giornali in un plico unico e si alza. Chiude la vestaglia con un nodo violento, per chiudere anche l'argomento, e va verso la camera da letto.

«Le persone con questa patologia spesso muoiono nel sonno!»

Chiara era pur sempre un medico.

«Ma io sono sempre stato un uomo molto sveglio» ribatte Giancarlo dispettoso.

«Babbo, basta! Basta! Smettila!» L'ultima volta che Chiara aveva gridato così Hermes e Coco non erano usciti da sotto al letto per giorni e i vicini si erano affacciati sul pianerottolo.

«Mi dici cosa stai combinando? Faccio la Signora Smith? Faccio Lady Macbeth? E fingiamo, babbo, fingiamo! Poi però le verità non ce le diciamo. Guarda che qua ci siamo io e papà. Quell'altro che non mi aveva detto niente! Fate tanto i...» Muove le mani che poi si batte in faccia, come se nei palmi ci fosse il finale, una risposta da mangiare. «E poi... Ma che famiglia del cazzo è?!» Singhiozza.

È irresistibile. Sembra una vecchia senza denti che sbava.

«Non mi dici del cuore, te ne vai a cena con Federico. Babbo, ma che miseria sta succedendo?!»

La gola le gratta così forte che pensa di sputare tonsille insanguinate. Giancarlo è di spalle, immobile, con le ciabatte e i calzini bene in vista.

«Succede che sto invecchiando, Chiara. E mi preoccupo di te. Come ho sempre fatto» risponde lui, pacato, di profilo, girando solo la testa, come se la figlia ce l'avesse minuscola su una spalla.

«Ti preoccupi di me? Ti preoccupi di me, dici?» Chiara lo circumnaviga, lo raggiunge, con le pupille gonfie e strette e le braccia basse, come una pazza. «Se tu ti preoccupassi veramente di me e non solo di te, non mi taglieresti fuori così, ma mi aiuteresti a capire!»

«Capire cosa?»

«Capire perché ho paura! Capire che tu hai paura! Perché io e te, ricordatelo babbo, siamo uguali. Tu non sai più niente e neanche io so più niente. Non so perché succedono le cose, perché stai male, perché non lo amo più e non so neppure perché per sentirmi viva come la merda sono dovuta andare a letto con uno che ho conosciuto mentre mi ingozzavo di falafel!»

In quel momento, profetico, Angelo spalanca la porta di casa come se dentro ci fosse un incendio. Stringe tra le mani un fucile da pesca subacquea che cautamente lascia sul divano. È sporco di terra. Indossa una salopette.

«*Ue! Ueeeee!* Ma che sta succedendo qua?» Attraversa il soggiorno esagitato, in punta di piedi per acquietare il rumore, e raggiunge Chiara e Giancarlo.

«Le urla si sentono da giù. Ma siete impazziti?» Guarda Chiara. Solo adesso si accorge che è totalmente madida.

«Figlia mia, ma quanto hai pianto?» Batte le mani una sola volta. Sembra un unico e perfetto applauso di congratulazioni per una tale fenomenale lacrimazione.

«Sono le dieci. È ora delle paste» si sente una voce. Gertrude e la sua buona abitudine: la colazione della domenica. Ha le chiavi. Ignara apre la porta e non capisce quel presepe immobile e pasticciato: Giancarlo di spalle, pietrificato, Angelo in tenuta contadina e Chiara gocciolante con abitino *grande soirée* tutto rovinato. Sembra una coreografia di Pina Bausch.

«Ragazzi, tutto bene?» chiede Gertrude.
Nessuno si muove.
«Un, due, tre, stella?» insiste la zia.
«Chi è?» rompe il silenzio Giancarlo.
«Fa lo stand up comedian. Si chiama Luigi» risponde Chiara.
«Per carità. Un comico.» Giancarlo si annoda la cinta più forte in vita e finalmente prende sdegnato il corridoio verso la stanza da letto.
Certe conversazioni proprio non sopportava di sostenerle in vestaglia.

Il est grand temps de rallumer les étoiles

«Fammi una foto adesso perché non mi vedrai mai più così!»

Gli elettrodi su petto, braccia, polsi e caviglie di Giancarlo fanno tanto catene di Andromeda, quelle di cui è dotato Shun, cavaliere di bronzo della costellazione omonima. Un fantasy, per l'appunto.

Si erano affidati a un compagno di università di Chiara, Alfredo, un giovine dalla stempiatura procace, figlia di ininterrotte mensilità di studio per prove a cui proprio lui non se la sentiva di arrivare impreparato. Alfredo non tentava mai un esame, lo passava. E di fronte a un ventinove non si arrendeva: «Mi faccia ancora una domanda». In breve tempo divenne una creatura mitologica della Sapienza e i suoi appunti di anatomia umana – in prima persona non ne trasse alcun beneficio – furono venduti per merendine e fellatio al mercato nero delle matricole. Era poi diventato un dottore molto richiesto per conoscenza della materia e per i modi gentili.

Angelo scatta col cellulare, mentre Chiara, sull'uscio, deglutisce Galatine e tensione.

«Hai visto, a papà?» le chiede Angelo mostrandole il ritratto commissionato. Lei annuisce muta.

«Libera il tuo povero padre, Chiara. Sembro la Schiava Isaura» implora Giancarlo, che sa essere tanto divertente quando è terrorizzato.

Alfredo arriva e bacia Chiara. «Buongiorno.» Saluta Angelo, lo conosce. Qualche moina, poi il fatto.

«Alfredo, lui è mio padre» dice lei, indicando Giancarlo, nudo e abbracciato dai cavi. Dalla lettiga, su un fianco, muove le dita nell'aria come se un preludio di Chopin fosse il suo ciao.

«È la sedia elettrica, dottore? Mi dica la verità!» domanda Giancarlo buffo e spregioso.

«Tutte le fortune a te, Chiara.» Alfredo è divertito.

«Scusa?»

«Pensa, io mio padre non l'ho mai conosciuto e tu addirittura ne hai due. Avresti dovuto prestarmene uno.»

«Non so quanto ti sarebbe convenuto. Magari le cose sarebbero andate diversamente. Per tutti. Anche per te, Alfredo.»

«Magari!» irrompe Giancarlo. «Vede dottore, io avrei

tanto voluto che Chiara facesse la scrittrice. Ha talento e fantasia, sa? Ha mai letto qualcosa di suo?»

Angelo consegna gli esami al medico, Giancarlo inizia un soliloquio, l'esposizione dettagliata e deformata delle sue giornate. Non conduceva un'esistenza esagitata, no, ma non era neanche la fetecchia che amava far credere. Le sue parole si fanno più deboli alle orecchie di Chiara. Pian piano si allontana.

Lei esce, con un cenno di intesa ad Alfredo, e li lascia soli. Un po' perché così doveva essere, un po' perché un elettrocardiogramma del padre è pur sempre un'ammissione di pena, un po' perché Alfredo non direbbe mai la verità ai suoi genitori, se la verità fosse brutta.

La specializzazione, il tirocinio, e ancor prima le gite assieme a papà Angelo: il freddo asettico di un corridoio d'ospedale Chiara lo conosceva in molte versioni, ma non in quella. I disinfettanti sapevano di punture, malinconia e capricci, per lei, invece, avevano sempre avuto un odore caritatevole di devozione. Sempre, almeno fino a quell'elettrocardiogramma. Aveva fatto il medico per aiutarsi e poi per aiutare. Le carie, certo. Le sue carie. Ci pensa proprio mentre si mette in bocca una Galatina, quella che ogni volta battezzava "l'ultima". Era un po' meno bambina – nonostante le caramelle – perché a mettere assieme papà Giancarlo e la cardiologia sentiva l'ingenuità che veloce veloce se ne andava a puttane.

La mano scivola nella borsa, prende il telefono. Luigi

può consolarla? In fondo Chiara aveva solo bisogno di sentirsi un po' piccina, con le coperte rimboccate e un pensiero pulito prima della buonanotte. Non è molto. È un tempo vicino, ancora a portata di mano. Federico potrebbe comprare e decorarle quel tempo, ma lei è terrorizzata che l'anestetico perfetto dia di nuovo prurito dopo appena due ore di ottima atrofia. L'unica speranza di quel pomeriggio le viene dalla porta a metà corridoio, quando sente aprirla.

La sagoma di Alfredo controluce le fa un gesto con la mano, un alieno in proclama di pace. Chiara lo raggiunge a testa bassa, preferisce l'ignoranza a un muscolo facciale frainteso.

«Chiara, abbiamo finito.»

Lei alza la testa e gli guarda la bocca per non perdersi neanche una parola.

«La cardiopatia dilatativa c'è, ma la situazione non è così grave come ci eravamo immaginati. Tuo padre è un uomo forte. So che già l'ha fatta, ma voglio che ripeta una scintigrafia con mezzo di contrasto. Deve continuare con la cardioaspirina e gli prescrivo anche con del Clopidogrel.»

«Possiamo andare?» irrompe Giancarlo, mani sui lombari e testa alta, incollato allo stipite della porta come la polena lignea di un galeone. Al centro della fronte un elettrodo monouso. Al suo fianco Angelo, i documenti sanitari sotto la giacca piegata sugli avambracci.

«Babbo. Ti ho detto che sono stanca di te?» lo ammonisce Chiara.

«Sono adorabili questi grossi capezzoli sanitari» dice Giancarlo indicandosi nel mezzo alle sopracciglia. "Così posizionati mi fanno pensare al tilaka. Le donne indù lo usano per indicare il proprio stato coniugale: tilaka rosso, sposate! Che poi, che ne sapete che mentre eravate fuori a discutere di cardioaspirine e Clopidogrel io e Angelo nel frattempo non ci siam congiunti?" recita solo con la testa Giancarlo.

«Se vabbuo'. Alfredo, grazie» e senza neanche dare il tempo di un bis, Angelo trascina suo marito altrove.

Mantua me genuit

«Esiste qualcosa di più devastante delle mamme che portano in giro come ostie i loro neonati bavosi e ciarlieri, non si capisce mai un cazzo di quello che dicono e non è perché hanno solo cinque mesi.

«Io a cinque mesi citavo Kant.

«E la colpa non è neanche loro, piccoli nani ubriachi.

«Sono le altre, le mamme, che paiono Madonne, di quelle del periodo della Controriforma, pietistiche e sdolcinate, iperinflazionate su santini, che se li portano in braccio come gatti a una mostra felina, sembrano dei ventriloqui, convinte di avere non Rockefeller in mano ma Gandhi, o Schopenhauer o Mick Jagger. A seconda degli studi o del grado di frustrazione.

«Ti circumnavigano e con quella voce da micie in calore, fingono di parlare coi neonati, ma è a te, A TE, che vogliono rovinare la vita, perché la loro è già ita, andata, come i concerti dei Take That, le cerbottane e il ciuffo di tungsteno phonato con la lacca. È a te che in realtà chiedono aiuto.

«Ti domandano, bramano uno sguardo, una condivisione, bramano che tu finga anche solo un poco di invidiarle e allora tu le guardi davvero queste Madonne di Guido Reni con gli occhi al cielo, guardi il nano, che è effettivamente un amore e provi a ripetere un'onomatopea stucca e uggiosa come la loro voglia di modernità. Speri basti. Speri di aver detto una buona bugia. Speri che non ti capiti mai di pensare come loro, di dover fare come una giovenca per essere felice.

«Le giovenche sono vacche, non sono felici.»

«Non c'è qualcun altro oltre a questo Luigi che possa darti due colpi. Muto, però?»

«Non lo so, MaraElena... dici che mi influenza negativamente?»

«Be' in fatto di bar sicuramente, come si chiama questo posto, Caritas?»

Chiara si guarda intorno, la puzza di fumo, incancrenita anche nei figli dei proprietari ancora da concepire, è quella della rivoluzione industriale probabilmente e quasi le fanno male le tempie...

«Come è autentico questo posto, però» insiste spavalda.

«No, è povero» ribatte MaraElena, pulendo il cucchiaino del caffè con un lembo della sua camicia zebrata.

«La povertà è quasi sempre autentica», indottrinata la replica.

«Ti preferivo coi fiori di plastica e soffocata dalla lana cotta, la rivoluzione ti rende brutta e hai le gambe troppo corte per indossare i pantaloni a vita bassa. Il cavallo coincide con le caviglie.» E continua: «Non c'è qualcun altro, un ragazzo muto, alto, esotico, caucasico, un maschio qualunque che parli per monosillabi, sì, no, boh, e che abbia tutta la sapienza infusa solo nell'appendice?».

«Non lo so, MaraElena, io non capisco più nulla. Il babbo, anche se pare non sia così grave, Federico, i gatti e ora Luigi che magari, ecco, a volte, è un po', un pochino...»

«Laido?»

«No, che dici, si lava moltissimo.»

«Dentro, dico.»

«A volte forse è un po' prepotente, saccente, arrogante... non lo so, io ho un'arsura, una confusione.»

MaraElena si alza, sputando il caffè: «Immagino sia stato fatto con una moka della rivoluzione cubana. Andiamo, alzati, la carta di credito non ce l'avrete per via dell'embargo e l'ultima volta che ho usato degli spicci era per l'offerta della candele in Chiesa. Tanto tanto tempo fa».

Si alza anche Chiara e poggia sul tavolo due euro, goffa: ha dei jeans larghi, a vita bassa, degli anfibi coi lacci rosa e una T-shirt con la frase «*When two or more people agree on an issue, I form on the other side*» Bill Hicks, «Quando due o più persone s'accordano su un punto, mi schiero dall'altra parte».

MaraElena la guarda muta, le sopracciglia tatuate come frecce.

«Ieri mi sono sporcata il golfino, ero da lui e mi sono messa la prima cosa che ho trovato in camera.»

«Chiara...»

«Mi fai paura quando mi chiami per nome.»

«Mi fai paura punto. Trovatene un altro. A breve avrai i capelli rasta e ti farai le sigarette a mano. I tuoi gatti, dimenticali. La rivoluzione si fa con dei pastori tedeschi feroci, con dei rottweiler, non con dei gatti sacri di Birmania, bianchi, con gli occhi azzurri, con problemi renali che si chiamano Hermes e Cocò.»

Sono fuori dal bar, a San Lorenzo, Chiara c'aveva mangiato la sera prima. E con Luigi non le era sembrato tutto così incredibilmente fuori luogo. Salgono in macchina, un gruppo di ragazzi rimane seduto sul cofano della Clio rossa e un cane continua a espletare sulla gomma anteriore destra come nulla fosse.

Non si muovono.

A Chiara scappa da ridere. Pure a MaraElena. Chiara suona il clacson, mentre le squilla il telefono. Quante ne avevano passate.

MaraElena abbassa il finestrino: «Compagni, scusate,

noi cerchiamo compagnia» e agitando l'indice zebrato, «ma non è la vostra! Aria!».

Come mucche in transumanza si spostano.

Chiara risponde al telefono. Emanuele.

«Ciao Ema, come stai?»

«Bene, Ninna, dove sei?»

«Sono con MaraElena, siamo a San Lorenzo.»

«Ma cosa ci fate?»

«Guardiamo dai finestrini!» E scoppia a ridere.

«Ecco. Emanuele. Perfetto. Come ho fatto a non pensarci. Dalla rivoluzione partenopea alla borghesia romana. Digli che vi vedete domani. Ora ci fermiamo da Lorena Palladino da Costa, la depiladora. Zitta!» E MaraElena tira un sovra acuto: «Amami Alfredoooooo!!!».

Emanuele

Emanuele era un giornalista bravo, sposato, con tre figli, una moglie a carico e una erre arrotata che faceva più tenerezza che blasé.
Romano.
Chiara l'aveva conosciuto due anni prima, a un pranzo, per caso. Aveva accettato l'invito di un amiscente, poco amico, ma molto conoscente, solo dopo aver letto nel messaggio il nome del ristorante.
Nino.
Si era subito messa il maglione largo color prato inglese.
Era il suo posto preferito, col suo piatto preferito: gli spaghetti al pomodoro piccante, dalla cottura perfetta, perché, se li mordevi, potevi vederne l'anima.
E vederne una le piaceva sempre.
Anche se di uno spaghetto.

Si era presentata struccata, con quel tipo di coda bassa, mesta, che MaraElena detestava e scompigliava all'istante con usata violenza. Era stata battezzata fin dall'adolescenza, dai tempi in cui facevano le versioni di greco e latino il pomeriggio guardando *Non è la Rai*, col *please don't go* muto: pettinatura da ragazza madre.

Arrivata da Nino, era trotterellata fino al tavolo, riconoscendo l'amiscente e ci si era seduta di fianco. Era caduta sopra la sedia e aveva agguantato immediatamente un pezzo di schiacciata unta, di quelle che, quando mordi, rigoli d'olio fuoriescono dagli incastri dentari, regalandoti la beatitudine.

La schiacciata o pizza bianca, come quei disgraziati dei romani bestemmianti la chiamavano, era il secondo motivo per cui Nino era il suo posto preferito.

Di mezzo c'erano sempre i carboidrati.

Di fronte c'era Emanuele.

Era lungo, con un naso pronunciato, ma non invadente, magro e con gli occhi chiari ma non vivi.

Ma a questo Chiara, proprio, non ci aveva badato.

Come alla fede d'oro giallo fuori moda che ballava l'hula hoop intorno a quell'anulare fuori tempo.

Non si ricordava molto di quel pranzo, non si ricordava molto di quel ragazzo, che aveva carpito e capito durante il pranzo, più per ciò che se ne diceva che per ciò che diceva lui, fosse un rivoluzionario della parola, un giornalista di quelli duri e puri, uno di quelli che davano l'impressione di crederci tanto, con sincerità, in ciò che facevano. Di quelli che avevano uno scopo perché lo cercavano. Fosse stato anche solo quello di allacciarsi le scarpe.

Quell'erre poi pareva rendere tutto un po' più ostico e inerpicante così anche il chiedere un po' di "PaVmigiano Veggiano", sembrava un traguardo ragguardevole, non il semplice desiderio di un complemento di latte vaccino.

Emanuele e Chiara si erano scambiati i numeri e lui aveva iniziato a chiamarla, una volta ogni dieci giorni, a scriverle messaggi garbati ma intelligenti, certo non come quelli delle Supreme, né di MaraElena, né dei padri, né della zia Gertrude, ma comunque garbati e sorprendentemente ficcanti per essere scritti da un eterosessuale.

Federico era proprio in un'altra categoria. Il loro era un codice.

Emanuele la invitava a pranzo due volte al mese, i primi mesi, sempre infrasettimanalmente, il giovedì, e sempre da Nino.

Parlavano con garbo, lei gli raccontava della sua vita, con le gambe incrociate sulla sedia e il cucchiaino del caffè che tamburellava sulla lingua.

A lui così per bene faceva assai ridere quella ragazzaccia vispa.

Erano andati avanti così per due anni.

Emanuele era sempre risultato a Chiara intelligente, onesto, giovane anagraficamente e soprattutto nella voglia di esserlo.

Sposatosi giovanissimo con una donna più grande, era diventato papà senza aver iniziato a essere figlio.

Gomorra

«Allora vengo in taxi, mi dai l'indirizzo di casa tua? Devo portare qualcosa? Del gelato? Quanti siamo? Tanti?» chiede diligente a Emanuele mentre attraversa quartieri che la sua vita ha incrociato solo per sentito dire.

MaraElena era stata chiara, provare provare provare provare... come la Sandrelli nel film con Troisi.

Chiara è contenta perché il Dott. Alfredo l'ha un poco sedata e lo è anche di mettere un piedino, avvolto dal suo sandalo basso di rafia rosa, a casa di persone diverse e sicuramente interessanti. Dei "professionisti", come li avrebbe definiti l'Orlanda furiosa, persone con lavori di intelletto.

Sono passate poche settimane dalla sua dipartita dal nido e si sente come le estati prima delle vacanze, quando saltava sui tappeti elastici alla Festa de l'Unità e intravedeva, quando era nel punto più alto, la testa di Alessio, il suo primo fidanzatino, quello di OttoCanotto.

Forse era "l'adesso" Luigi, forse era il "non più" Federico, forse era "l'ancora e sempre" Giancarlo, forse.

La cena è a casa di Emanuele, con i suoi amici, le sue amiche. La moglie, pare di no.

È una di quelle sere in cui senti il tepore in mezzo e vuoi solo un amore, fatto di messaggi composti anche solo da un punto, da santificare.

In quei due anni Emanuele le era sembrato divertito, un po' bislacco, lamentoso a tratti, interessato a lei come lo si è a un inserto che esce una volta alla settimana, che leggi sfregandoti le mani, magari sulla tazza la domenica mattina. Un momento di autentico piacere. Ma non aveva mai capito cosa davvero volesse. Come fosse Emanuele.

Di certo era pieno della sua vita, della sua famiglia, di sé in particolare, dei suoi bambini, dei quali però parlava pochissimo, della moglie mai.

Voleva sapere soprattutto di lei, di Chiara.

Ma lei non lo vedeva davvero, o forse non ci si era mai applicata.

Questo ragazzo l'aveva sempre fatta pensare a quel capolavoro che tornava a rivedere ogniqualvolta capitasse a Firenze, in via Guicciardini nella chiesa di Santa Felicita: il *Trasporto di Cristo* del Pontormo, genio bizzarro, stralunato, perverso, il più grande dei cosiddetti Manieristi, al quale Emanuele assomigliava assai.

Ciò che l'aveva sempre colpita nel dipinto era che, nonostante i protagonisti dovessero essere Cristo o la Madonna, che sono come risucchiati dall'inestricabile groviglio degli altri personaggi accalcati intorno, lo sguardo di chi osserva è tutto calamitato da un giovane genuflesso in primo piano in basso, che guarda diritto davanti a sé come fuori dal quadro con un improbabile incarnato rosa baby.

È questo giovane a sorreggere quasi tutto il peso, non solo del corpo di Cristo morto che gli poggia sulle spalle, ma dell'intera composizione che è in vorticoso movimento, mentre lui se ne sta lì, bloccato, in un'ingrata e onerosa posizione, ma è comunque, lui e solo lui, il centro gravitazionale del dipinto.

Tutti gli altri sembrano ignorarlo.

Forse afflitto per questo, forse stanco, forse furbo, volge lo sguardo semimplorante a chi guarda, quasi chiedendo aiuto o solidarietà. Come a dire: "Guardatemi, quanto sono bravo, liberatemi da questo fardello… ma se serve a mettermi in mostra, pensate pure che sia ancor più pesante". Un passivo aggressivo a olio.

La casa di Emanuele è grande, molto bianca. Chiara ha un vestito crema e dei sandali molto bassi, una coda alta ed è pallida come una Emily Brontë con la frangia. Tempestosa, molto tempestosa dentro.

In macchina ha ricevuto la telefonata di Luigi.

Federico non lo sente da una settimana e pensa a loro quattro, tre felini più un umano, al buio, soli, o forse già con una nuova mamma. Che forse ha tolto le fragole dal soffitto del suo salotto e ridipinto tutta la casa beige. O ocra.

«Dove stai andando?»

«A cena a casa di Emanuele Soave, sai il giornalista, quello di "Repubblica"?»

«Ah! Stasera ucci ucci sento odor di borghesucci. Ti fa la corte?»

«Ma no! Non tanto. È molto simpatico, è sposato, ci sono anche altri amici suoi. È BRAVO!»

«Dai ci sentiamo domani, anzi, chiamami appena esci, dove abita lui?» chiede con il tafferuglio in gola.

«A San Giovanni.»

«Come sei vestita?»

«Mah normale, ho un vestitino crema.»

«Scarpe?»

«... dei sandali bassi rosa...»

«Che troia.»

«Ma che dici?»

«Per i borghesi il sandalo basso sta come il tacco da maiala a Tor Tre Teste. L'alluce esposto ma non esibito li fa eccitare come tori.»

«Tu sei malato» ride Chiara.

«Chiamami appena esci» e riattacca.

Chiara non sapeva mica se tutta questa rivoluzione le piaceva. Dalle mutande ai fiori di plastica in testa, alle braccia di panno che le avevano scarnificato i fianchi da adolescente, non era mai esistito né uomo, né donna che le indicasse cosa mettersi. Forse una volta Lorelei l'aveva fatta desistere su una gonna. Ma solo perché aveva deciso di sfruttarla come lettiera. Amore, lei.

Emanuele l'ha guardata tutto il tempo della cena come si fa con qualcosa che non si vuole toccare. Incredulo di averla a casa. Vicina, dopo due anni.

Gli amici sono colti, belli, con i gemelli ai polsi e a casa, con mogli solo evocate, di cui Chiara chiede con dovizia mentre mangia la mozzarella di frigorifero che anche se di bufala è, fredda, bestemmia rimane.

Un po' come evocare le consorti.

«Siete tutti sposati, voi maschi, ma sembrate tutti su piazza!» ride Chiara, assolutamente incapace di galleggiare schivando relitti troppo grossi.

Non vuol sapere della fusione di Google e non la fanno ridere le battute di quelle ragazze belle, coi bicipiti tristi di palestra e i piatti pieni solo di forchette.

Parlano di televisione, di complicate derive generazionali, di sociologia applicata, cercando in realtà di far intravedere un capezzolo dagli occhi, quando Chiara ficcandosi un dado di mortadella in bocca, con le gambe incrociate, dice: «Oggi il microfono ha sostituito la Croce!».

«Emanuele, ma ci hai portato una poetessa!» e la indica con lo stuzzicadenti il manager che lavora all'ENI, rosario in una tasca e vaselina nell'altra.

Ridono di bile, contente dell'amaro, le ragazze, con quelle mani abbronzate di biscotto dozzinale, loro che di "ragazza" hanno solo delle mèches troppo bionde per quei solchi nasolabiali sfamati dagli aghi.

Emanuele muto, estasiato o rintronato.

Non l'avevano accolta bene quei "professionisti" e quelle "professioniste".

Si accorge Chiara, mentre si volta a guardare fuori dalla finestra, perché la serata è tanto bella, che alcune di loro fanno rimbalzare un indice sulla propria tempia e l'altro nell'aria. Verso di lei.

Il cuore le si strugge, come il burro nella teglia che l'Orlanda furiosa metteva per cucinarle la sogliolina, da piccola.

Veloce, languido e schiumoso.

Telegramma
NW1 7SU

Carissima Chiara,

io e Edward la sera avanti oggi si è imbandito un piccolo cocktail in favore della Letteratura.

Era molto petit, ma l'importante quando si parla di Letteratura non è mangiare, ma scrivere. Io penso.

È venuta anche la duchessa Karin af Lundqvist dalla Scandinavia e si è portata un bambino, forse il nipote, di cui non saprei dire l'età, proprio.

Non ha mai smesso di ripetere: «Questo piccolo bambino è talmente interessato alla Letteratura, questo piccolo bambino è talmente interessato ai cocktail».

Io di bambini non sono abbastanza documentata, ma credo che in generale siano tutti "piccoli", i bambini. Sennò sarebbero grandi. Io penso.

Non si è mai tolto le dita dal naso. Io e Edward si stava per morire. Letteralmente.
I goti non mi avranno mai più, né piccoli né grandi.

Tua Eleonora

O come tragitto

La mozzarella di bufala le si era riproposta sullo stomaco per tutta la notte e tutto il giorno.

Forse il frigo. Forse il contorno.

Erik, il suo assistente, le metteva sempre una gran pace.

Era una persona pulita, placida, per bene, di quelle con cui puoi parlare senza che sappiano precisamente ciò che stai attraversando, che ti aiutano col loro esserti accanto, senza starti vicino.

Un po' come quelli che tirano l'acqua in faccia ai ciclisti. Non possono conoscerne la fatica, ma quell'acqua schizzata li fa rianimare proprio.

Chiara si toglie il camice, si lava le mani, si mette in bocca una Galatina ed esce dallo studio.

Scende le scale due a due, toccando il muro in un

punto preciso, dove c'è una piccola striscia nera, forse Francesco Maddaloni, il ragazzino del secondo piano, bello, napoletano, che porta sempre giù a mano la bicicletta, quella strisciata l'aveva fatta in un momento di euforia, senza accorgersene, prima di scorrazzare nel cortile.

Le piaceva accarezzarla, salutarla, era un suo rito, forse per via di quel ragazzino e di quella bicicletta che volevano correre e avevano già iniziato a farlo sul muro delle scale.

Luigi l'aspetta giù. Sotto lo studio Mancini, sull'Ostiense. Angelo era uscito prima, per preparare.

Chiara si sente tanto sudicia.

Portare Luigi a cena. A casa dei suoi. A cena. Con le Supreme. A cena.

Al posto di Federico.

Era proprio una persona brutta.

Flirtava con un giornalista sposato, senza mai averci fatto nulla invero, che aveva pure amici pessimi e indigesti, e scopava con un comico che portava addirittura a sfamare a casa dei suoi.

Una persona brutta.

Luigi ci teneva tanto a conoscerli, forse più che a conoscere lei.

Erano sicuramente più rivoluzionari.

Esce dal portone dello studio con quella luce placida, ferma, sorniona che ha Roma, soprattutto Roma Sud, e vede Luigi che l'aspetta.

Vestito di merda. Ora le sembra proprio vestito di merda.

«Ho chiamato un taxi, perché la Clio l'ha presa papà, è uscito prima per andare a preparare» dice Chiara con gli occhi bassi.

«È giusto, hanno un ospite importante stasera» mentre si mette il burro cacao con l'indice.

«Sì, ti sei vestito proprio in alta montura vedo, da gran sera» risponde lei imbarazzata più per la maglia che per l'indice unto.

«Piccola stupida, ho messo la cosa più bella che ho.»

Chiara si sente un acufene che le rimbomba anche negli alluci.

Sbagliata, stupida, ma cosa erano quei gomiti, chi era questo che le sedeva accanto sul taxi, con quei polpastrelli grassi che non avevano mai toccato nulla se non bicchieri di birra dozzinale e dispense universitarie inutili e rabberciate.

Guarda fuori dal finestrino. Come è bello San Paolo.

Passano da via Chiabrera. MaraElena per un po' aveva abitato là. Le sembra meravigliosa, più della basilica. Molto di più.

Quella volta che l'ominide, un suo fidanzatino di

borgata l'aveva tradita, erano state là, tutta la notte, nella Clio rossa a piangere.

Si era quasi lesa le corde vocali per "il pianto a vita tagliata". MaraElena l'aveva avvolta in un piumone dell'Ikea, giallo e rosso che aveva portato da casa.

Non erano salite, erano rimaste là. Perché stare in macchina a piangere a Chiara faceva pensare che anche quel dolore fosse in transito.

Chiara conosceva così bene quella zona che, con quell'arancione delle diciannove circa le fa male fisico, male alla pancia, di quello forte che hai se sei emozionato o se hai la diarrea.

Guarda fuori mentre Luigi le parla di locali dove deve esibirsi, parla male di altri colleghi, sempre troppo borghesi o troppo popolari. Per lui.

«Mio babbo Giancarlo sta male, mi hanno rassicurata ma so che sta male.»

Senza neanche sfiorarla mentre il taxi si ferma davanti alla casa di Beatrice, friabile Luigi le dice: «Ma stai serena, oggi di AIDS non muore più nessuno, hai spicci perché io ho solo bancomat, grazie amico». E tira fuori le sue scarpe da ginnastica dal taxi.

Chiara continua a fissare la lettera "o" di tragitto dal tariffario apposto sulla schiena dei sedili anteriori malandata e stanca.

Guarda quella O tanto che le fanno male le mani.

Luigi della Gherardesca, figlio del conte Ugolino

Era ancora sfatta da quella frase. Da Luigi.

La T-shirt da ragazzo, con la faccia di Che Guevara, e le All Stars a ogni stagione e con qualsiasi temperatura, in quel salotto lo fanno sembrare un capoclasse ripetente capitato in una riunione di presidi.

Giancarlo fa un gesto garbato della mano come se gli crollasse stanca a indicare i due posti a tavola a loro riservati, mentre continua a parlare e non si cura.

Nel mezzo del tavolo, come un isolotto sullo Stige, i loro due piatti, i tovaglioli e le posate.

Tutti continuano a fare ciò che stavano facendo, con una tranquillità e una serenità forieri solo di un brutto fattaccio.

Gertrude si sta pittando di rosso le unghie e cerca di far asciugare lo smalto al camino, quasi entrandoci dentro. Vede e sente tutto nonostante l'assordante rumore dei suoi sonagli mossi nel tentativo di non ustionarsi.

Angelo si arrovella tra il salotto e la cucina, l'unico a sembrare sinceramente a disagio a mostrare un finto agio.

Le Supreme là, affamate.

Luigi è trasparente come un bicchiere scadente, opaco come un bolo di saliva.

Non lo capiscono però, né lui né la sua rivoluzione, ammaliati da tanta profumata omosessualità.

«Quand'era, Angelo? Mi pare l'8 luglio del 2000, in conclusione dello storico e contrastatissimo World Gay Pride di Roma, vero?» dice Giancarlo senza un apparente motivo per cui si dovesse tornare a quell'8 luglio.

Angelo buono anche nel dover interpretare la parte del cattivo: «Sì, dopo invitammo molta gente per un drink sul terrazzo, c'eravamo tutti noi e molti altri militanti. A un certo punto nacque una vivace discussione sull'associazione Mario Mieli».

Ernest: «Sapete chi era Mario Mieli, vero?».

La domanda non era per Chiara. Lei ci aveva fatto la ricerca in terza media per italiano su Mario.

Giancarlo dopo una carezza alla tovaglia col dito medio passa lo sguardo su Luigi e prima che risponda: «Mi sembrava scandaloso che, fatte pochissime eccezioni, nessuno dei presenti non solo non fosse affatto informato su chi era stato e come fosse morto Mario Mieli, ma non avesse mai neanche letto i suoi *Elementi di critica omosessuale,* la sua tesi di laurea, uno dei primissimi studi italiani sul *gender*».

Gelo.

Chiara aveva capito. Luigi avrebbe fatto la fine dei figlioli del conte Ugolino.

Lei questa storia la conosceva. La storia dell'Associazione. Ogni volta un morto.

Diogene col suo vocione da baritono: «Indignati da tanta crassa ignoranza decidemmo di creare un'associazione cui si sarebbe potuto accedere dimostrando di essere culturalmente preparati circa le problematiche dell'omosessualità e non solo».

E Giancarlo a Chiara, come non fosse sua figlia: «Sai, stella, per quelli della nostra generazione, quasi a riscatto della propria emarginazione, era importante essere colti, preparati e raffinati. La cultura e lo stile rappresentavano anche una sorta di "redenzione", oltre che fornirci strumenti per meglio capire la nostra condizione. Anche il parrucchiere sotto casa...».

Lo interrompe Rudy: «I parrucchieri, Giancarlo, sanno essere anche filosofi, io per esempio, come sai, sono stato portavoce in Italia del movimento per la liberazione...»

Il Barone senza muoversi: «Quello che ti è sempre venuto davvero bene sono le frange, Rudy» il quale ingoiando un pezzo di schiacciata ribatte: «Lo so, vi fa male che io volendo possa ancora farmi le trecce».

Giancarlo deliziato: «Dicevo, tutti si sentivano in dovere di leggere Proust e diventare *opera-fans*: erano gli anni della Maria, la divina, assieme a Marilyn, nostra icona indiscussa. E ci s'incontrava furtivamente nei boschetti. Non c'era la rete, l'internet e in tutta Roma esisteva un solo bar gay».

Rudy nostalgico: «Ah... il mitico Saint James in cima a via Veneto...».

Diogene: «Ma con la liberazione sessuale innescata dal '68 le cose cambiarono radicalmente. Ormai, per i più giovani, l'importante era il venire allo scoperto per come s'era, senza troppi imbellettamenti intellettuali, il darsi senza problemi alla gioiosa promiscuità fine a se stessa, il poter maneggiarsi e rimorchiarsi alla luce del sole, come si faceva nelle scalmanate serate in discoteca. Complice una scuola fasulla, la cultura per i gay, come del resto per la stragrande maggioranza dei giovani italiani, stava drammaticamente diventando poco più che un optional. Il *body building* e il riempirsi la bocca di Che Guevara e di vinello da Festa de l'Unità importavano infinitamente più della *Recherche* e al cameriere e al parrucchiere, allo studente, all'impiegato, sul fine settimana, in fondo non interessava altro che una bella scopata».

Gertrude a Luigi: «Tu vai in palestra?».

Barone subito: «E alla Festa de l'Unità?».

Ernest leggero: «Le gesta non so, ma la faccia di

Che Guevara vedo che la conosci...» abbassando gli occhi sulla faccia dai lineamenti gialli e deformi della maglietta di Luigi.

Angelo quasi sbagliando l'entrata in scena: «Fu così, come reazione a tutto questo, che Giancarlo ebbe un'improvvisa illuminazione e lanciò l'idea di intitolare un'Associazione a Cristina di Svezia, non solo in quanto chiacchieratissima presenza lesbica nella Roma del Seicento, ma anche in quanto grande intellettuale e patrona della cultura».

Diogene: «Nella sfilata al World Gay Pride gli svedesi erano apparsi vestiti da vichinghi su un carro non a caso dedicato a Queen Christina, sempre così filologici loro».

Gertrude: «Tu sapevi che il secondo nome di Chiara è Cristina?».

Luigi stava col bicchiere in mano vedendo finalmente cosa fosse la rivoluzione. Francese.

E lui stava dalla parte delle brioche.

Giancarlo: «Sì, l'idea fu accolta con entusiasmo da alcuni amici e venni subito nominato presidente».

Gertrude: «Io segretaria, per via del sesso».

Barone: «No, perché è giusto a volte essere un po' tradizionalisti. La rivoluzione è talmente noiosa».

«Ci si riuniva di tanto in tanto, in quello che sarebbe stato il bistrot, per delibare gustose cenette» dice Gertrude portando smalto e acetone a tavola e sedendosi.

E Giancarlo come solfeggiando con la mano: «Ricordo una cena di Natale per la quale addobbammo un alberello con tanti fiocchi gialli e blu e figurine ritagliate e incollate su cartone di Cristina a cavallo, lei soleva montare a cavalcioni, da maschio, non di fianco, da amazzone, come Chiara, lo sapevi?».

Diogene con gli occhi al ricordo: «Durante e dopo le cene fiorivano discussioni e dibattiti tra il serio e il faceto, come quando eravamo giovani e belli a Firenze. Giancarlo, rimembri?».

Barone con zelo: «Dibattiti sempre svolti sul filo dell'ironico principio fondante l'associazione: il principio di contraddizione».

Giancarlo fulgido: «Principio fondante su cui si basa anche la satira».

Pausa. Tutti guardano Luigi.

Luigi: «Assolutamente sì», stordito e ciuco.

«Mi puoi contraddire se vuoi.»

«No, cioè perché io dovrei?»

«Non ho detto dovresti, ho detto potresti.»

Pausa ormai troppo lunga per entrare e far bella figura.

«Ok, è chiaro non potresti» troia come solo Giancarlo sapeva essere «ma a parte queste riunioni semisegrete» (ormai tutto in discesa, la testa era ruzzolata) «facevamo pure uscite pubbliche. Memorabile quella di un 8 dicembre, compleanno di Cristina, in San Pietro, in cui tutti eravamo vestiti in mantelle e cravatte scure. Falciammo la folla della piazza gremitissima.

Ernest molleggiando eccitato sulle natiche: «Era la festa dell'Immacolata e di lì a poco si sarebbe affacciato il papa, che eretiche birbone!».

Giancarlo prosegue: «Spregiudicate! Superammo d'emblée anche lo sbarramento dei carabinieri e delle guardie svizzere, intimidite dal nostro portamento».

Le Supreme, glabre, si leccano i baffi.

«Entrati in basilica, alla lapide che ricorda Cristina e che è apposta su un pilastro vicino all'ingresso, proprio di fronte alla cappella con la *Pietà* di Michelangelo, io recitai davanti a tutta quella gente un sonetto in lode di Cristina da me composto per l'occasione, poi scendemmo nelle grotte Vaticane per deporre una corona di fiori gialli e blu sulla sua tomba. Sentimmo mormorare gli astanti che ci guardavano un po' stupiti: "Deve essere una missione diplomatica". Poi ci recammo per un piccolo rinfresco al Voilà, vicino Palazzo Corsini, per il quale fugacemente passammo, facendo un minuto di raccoglimento nella camera da letto dove Cristina spirò.»

E non si è mangiata ancora neanche una tartina.

Al Polo l'aria sarebbe più tiepida.

Chiara ondeggia tra il godimento e la frustrazione per aver sbagliato e per aver goduto mentre lo faceva.

Questo coglione credeva che il padre avesse l'AIDS.

Per tutto il resto della cena si era guardata le pellicine delle mani, e aveva ripensato alla schiacciata mangiata in riva al Tevere con la mortadella, alle estemporanee di greco antico che le faceva fare alla lavagna il Prof. Conti «con uno spirito dolce o aspro si gioca l'anno scolastico, lo sa Mancini vero?», alla professoressa di matematica, la Nerli del ginnasio, che le rispondeva, quando lei si scusava per aver sbagliato: «Mancini, non devi chiedere scusa a me, ma a te stessa, per la tua stupidità». L'aveva incontrata in ospedale anni dopo e Chiara l'aveva salutata con una gioia pulita di increspature e lei avvicinandosi quatta quatta e stingendole la mano aveva detto: «Sto bene, cara, grazie e scusami se ti ho maltrattato».

Pensava alle scale infinite della scuola elementare Fra Ristoro, che le aveva sempre ricordato Fra Pappina di Marcellino Pane e Vino, a quel pavimento nero, di plastica, con quei pois spiaccicati ma leggermente sovraelevati, vedeva solo quelli alle 8,45, la mattina, quando la campanella aveva esaurito l'eco e la cartella la faceva piegare come un ciuco. La sensazione di umiliazione nell'aprire la porta della classe, nel sapere di non poter che squarciare quel silenzio che aveva perso il tepore della colazione ed era già diventato stronzo come la mattina.

E siamo al dessert.

Una rivisitazione di tiramisù.

Angelo rivisitava tutto, questo gli placava la coscienza.

La rivisitazione era il suo salvacondotto per la pace interiore.

Era andato a lezione di cucina dal celeberrimo Vlad Dobos, della Transilvania. Chef esperto di cucina molecolare, trasformava polli in fili d'erba arrosto. Soprannominato "Il Conte Vlad". Per il timore che incuteva negli alunni solo sfiorando un mestolo. Angelo lo venerava.

«Il caffè mi viene bene, per il resto, scusate sono solo un apprendista» dice pulendosi le mani al cencio, agitato da tutto.

«Si è sempre apprendisti nel mestiere di regnare» dice Giancarlo portandosi una sonora cucchiaiata di tiramisù irrituale e irrispettoso della tradizione, ma parimenti calorico e goduriuoso.

«Sono pazzo di loro. Andiamo a San Lorenzo ora che devo vedere il locale in cui mi esibisco domani, è già tutto pieno. Eh cara mia, tu non lo sai, non lo puoi capire, ma stai con uno che è già entrato nei libri di storia.»

Giancarlo sorseggia il caffè, contento. Le Supreme ciarlano.

Tutti sanno.

«Ci vediamo domani» con una mano a cucchiaio sui reni, impercettibile, cattivissima Chiara «sono stanca. Molto.»

E sono già alla porta. Quella porta che aveva suonato infinite sinfonie.

Quello era un requiem.

L'Étoile

Chiude la porta.

Si volta e vede i suoi due papà, vaghi e vaganti. Contenti.

Si sporge allo stipite, fa perno con una gamba e alza l'altra a calciarsi le terga, come una ballerina che vuol mostrare leggiadria, dentro e fuori. Come quelle che dopo tre lezioni di danza camminano già a compasso aperto e poi dice squillante: «Vado a fare un bagno, buonanotte!».

Tutte le Supreme si alzano e, in processione come a prender l'ostia o a toccar le reliquie di una santa in fila indiana, la baciano uno per uno.

Giancarlo gaudente e felice: «Buonanotte, chi si è baciato può andare!».

Ridono continuando la processione verso il guardaroba per ripigliare giacche, mantelli e cappe.

Chiara si sente una ticchia più felice. La rivoluzione almeno l'aveva rispedita a Cuba.

Va in bagno e si ustiona nella vasca, come quando era piccola, lei dalla pelle così bianca e così desiderosa di calore.

Lascia fuori dall'acqua le estremità dei piedi, uno sopra l'altro. Con lo smalto rosso. Sembrano un mazzolino di bacche.

Guarda le goccioline che corrono a testa in giù sul muro, conta quanti secondi ci mettono a tornare tutte insieme, conta. Come faceva col trapano che rimbiancava le sue carie da bambina.

Il cellulare sempre sul bordo della vasca.

Messaggio. Emanuele.

Simpatico, normale, strano, anche dopo quella cena, opportuno, al momento.

Quello che ci vuole.

Emanuele era un po' come l'arnica, leniva ed era omeopatico.

«Ciao Ninna, domani, va bene?»

«Da Nino alle 13?»

«No, dicevo domani sera…»

Se c'era una cosa che detestava erano i puntini di sospensione.

Come l'applauso all'atterraggio.

«Va bene…»

Consapevole che non avrebbe MAI capito.

«Direi...»
Ride. Questo pennellone sposato le aveva sempre fatto simpatia.

Lei e i suoi due papà, la casa piena di briciole della cena, del profumo del caffè e delle Supreme. Quel caldo tepore. Anche fuori dal bagno.
Si mette il pigiama, si ficca nel letto.
È maggio ma accende la coperta elettrica. Agguanta il libro dal cassetto del comodino, anche se il cassetto non c'è mai stato. Per Chiara era sempre stata una piccola taverna in cui custodire i tesori.
Ne esce la sua Mignolina e si prendono per mano.
Un botto sordo tanto che il libro vecchiotto si scompagina come i fazzoletti del bar.
Giancarlo apre la porta, con fare grave ma elettrizzato, senza volerlo dar a vedere.
«Il principe sta cantando. Sotto la finestra, la nostra finestra. Ha una buona intonazione ma la scelta del pezzo è orrenda. Però lavorandoci...»
«Chi?» fa Chiara col batticuore fra le lettere.

Cotone libanese

«Federico, chi sennò? Quel bombolone con gli occhi che ci hai portato stasera? Che orrore!»

Chiara gonfia le lenzuola come fossero ancora di bucato stese al vento. Sbatte sullo spigolo del letto, perdendo quasi il suo mignolino. Si appiccica alla finestra e non vede quasi nulla per via del suo respiro che disegna un cuore di nuvola opaco sul vetro.

Intravede del biondo. Agitato.

Sparisce dalla sua cameretta mentre Angelo nell'altra compare sulla spalla di Giancarlo come un elfo dispettoso, coi piedi nudi nelle pantofole di pelle. Lo guarda con un'occhiata di non detto, una di quelle occhiate a cui solo una coppia di rughe e d'argento può dare un senso compiuto. Giancarlo alza un sopracciglio quasi fino alla nuca e, con uno scatto di testa al limite del ricovero in ortopedia, si infila nell'alcova al pari di una bestia nella tana.

«Tu, eh?» gli chiede Angelo.

«Che meravigliosa cena, non trovi?» risponde Giancarlo già cosparso di cotone libanese. «Certo, l'amico di Chiara, proprio una tale cialtroneria...»

«Quello in pubblico non riesce neanche a dire come si chiama e mo' improvvisamente si mette a fare il tenore...», Angelo giancarlesco.

«Chi?» Giancarlo esclama, puro come un agnello.

«Il biondo qua giù. Federico!»

«Perché cerchi in me tracce del suo coraggio? Io ignoravo...»

«Pecché i' te sacc, Pecché i' te sacc.» Angelo si infila dentro a quel grosso portafogli bianco, accanto a Giancarlo che inscena una carcassa morta. Riemerge dal finto sonno e si lancia improvviso: «Regala la tua assenza a chi non dà valore alla tua presenza».

«Ehm... Gianca'?»

«Oscar Wilde. Buonanotte!»

Serenata

Chiara gira scalza in pigiama, per casa, senza meta.
Come le trottole che prendono vita quando le stantuffi, fra le note etiliche di *Can't Smile Without You* di Barry Manilow.
Angelo rialzatosi la intercetta e le mette in mano due tazzine di caffè.
«Ecco. È amaro, Chia'...»
Una per lei, l'altra per Federico.
Esce dalla porta di casa in pigiama, con due tazzine di caffè nelle mani. Come una sonnambula. Atipica.
Scende.
Non riesce a crederci. Dio, quante emozioni in una stessa sera!
Apre il portone come un ponte levatoio dei castelli delle principesse, che scappano dal drago malvagio.
Federico sta là, bello come il dio Odino, buffo come

un monello che sa di averla fatta grossa, sperso come un bambino che non riconosce la strada. Smette di cantare, apre le braccia e la stringe goffo, ubriaco e felice. Il caffè è un maremosso.

«Vieni a casa! Siamo destinati a stare insieme NOI! È inutile resistere al destino, sei il motivo della mia vita! NON POSSO VIVERE SENZA DI TE!»

Chiara, con una calma assolutamente irreale da momento supermercato al bancone della gastronomia quando dici «altro!» chiede: «E… i ragazzi come stanno?».

Federico fa un salto all'indietro, stralunato e scomposto, e urla: «Vagano per casa! Abbandonati a se stessi, siamo quattro fannulloni, nullatenenti, perché non abbiamo più te. Andiamo a mangiare nel nostro primo ristorante? Dove siamo andati la prima sera?».

Chiara è sciocсata e pazza di lui: «È tardi, mi sa che è chiuso ora!».

«Allora vieni a casa, ti preparo la cena, ti faccio i *bugas*?»

«Ho già mangiato grazie, poi gli hamburger ora…»

«*Bugas*!» urla Federico, come fanno i bambini offesissimi. «Si chiamano *bugas* nella lingua dell'amOUre!»

«Federico, non urlare, che poi la Marisa lo dice a tutto il palazzo!»

«Chi è questa troia della Marisa?!»

«Federico!»

«E allora vieni a salutare. I ragazzi ti aspettano, sono molto tristi, vogliono la mamma, vogliono essere considerati e amati e stare insieme nel caldo, nel nido, il nido è sbagliato senza di te ed è sbagliato stare lontano dal nido. È la regola dell'amOUre!»

Com'era saggio, com'era bello, com'era buffo, disperato e coraggioso quel suo amore.

A Chiara un pochino scappa da ridere, sta attenta a non farsi vedere perché ubriaco era chiacchierone, capriccioso, divertente, ma molto permaloso.

Si volta con le due tazzine in mano, col pigiama e con le scarpe da ginnastica.

Si sente molto nella scena finale di una commedia americana blockbuster natalizia.

Va verso il portone. Mentre lui ancora canticchia e si butta per terra per attirare la sua attenzione. Come i cuccioli. Di qualsiasi razza.

Quelle due tazzine, Chiara le fissa, sono un po' come Luigi e Federico: uno in una mano, l'altro nell'altra.

Si volta, lo guarda.

«Il caffè?» allungandogli la tazza ghiaccia.

«NJI!» urla stralunato ed eccitato.

(Nella lingua dell'amOUre, NJI, è un sì pieno di gioia.)

Comprami, io sono in vendita

La giornata era passata tra carie e volti soddisfatti di padri e zie.
Luigi aveva provato a chiamarla quattordici volte.
Poi Luigi, sms: ore 15,45

Non rispondendo hai involontariamente certificato la validità della mia teoria, ti spiego, tu non mi rispondi: non c'è modo migliore per dirmi che mi pensi ancora infinitamente. Quindi? Vuoi continuare a essere così ridicolmente trincerata nel silenzio oppure vuoi iniziare a parlarmi? In ogni caso, trovo sia tutto immensamente romantico. Nel tuo stile. Un bacio.

Luigi: ore 16,10

Mah! L'ostinazione e l'ottusità con cui conduci questa battaglia d'orgoglio mi fanno pensare che ho buttato un pezzo della mia vita dietro a "un tre e du' cinque"... Il Padreterno mi fulminasse se mai facessi un altro gesto di apertura nei tuoi confronti. Non cancellerò nemmeno il numero, così, quando sarai tu a chiamarmi, ti farò rispondere dal primo idiota che si trova vicino a me. A mai più.

Luigi: ore 16,36

Oh Mancini ma come te ne va de fa' le figuracce? Che fai pure tu ti comporti come la plebe? Parla della palestra, dei ponti in bocca o di chi ti fa le unghie.
Il tuo silenzio fa perfettamente parte del gioco. Una parte del pubblico apprezza, un'altra ne viene disgustata. La satira offende gli stupidi, ricordalo. Gadda... ecco, parla di Gadda. Resta sul tuo, fai più bella figura. Non sei mai stata una sempliciotta, non farti condizionare dalla qualità della tua vita. Tu sei molto meglio.

Chiara: ore 16,37

Chi sei?

Non se ne seppe più nulla, né di lui, né della sua rivoluzione, né delle All Stars. Aspettiamo i libri di storia.

Aveva promesso: la cena con Emanuele.
Tutti questi uomini dietro nemmeno quando in terza media le era fiorita una quinta.

Emanuele era uscito dal lavoro ed era incredibilmente emozionato.

Per una cena. Da Nino. Alle 20.

Dal momento in cui si siede, Chiara vede davanti a sé un procione.

Emanuele è trasfigurato.

Le prende la mano, gliela carezza, le comincia a parlare del loro rapporto.

Del loro rapporto.

Chiara si sente mancare.

Erano ferormoni birbanti che produceva in quantità e inconsciamente?

«Io amo mia moglie, va tutto davvero bene con lei, anche il sesso, tutto davvero alla grande» sussurra guardandola, mentre con una mano si regge la gota, inclinata insieme alla faccia, come una fanciulla in un quadro di Renoir.

«Bene, mi fa proprio piacere. E… quindi da me che vuoi?» domanda Chiara mettendo la mano accarezzata sotto il tavolo e, buffa come a tirarsi un gancio, continua: «… Eh allora difendiamolo ben bene questo tuo bellissimo rapporto! Forse il tenermi la mano, no, eh?».

Pervaso e come un triciclo in discesa: «Sai, sono due anni che spero, quando mesi fa mi raccontavi che ti era successa una cosa, che avevi capito una cosa importante di te, da fare… ecco io mi aspettavo mi dicessi che ti eri innamorata di me. Quando mi parlasti del fatto che volevi iscriverti a tip tap, io rimasi colpito. Rimasi male».

Chiara lo guarda come un gatto che vede qualcosa fuori dalla finestra.

«Ma... in che senso?»

Non deglutisce.

«Emanuele, non ho capito. Tu sei contento, sposato, con ben tre bimbi e noi in due anni abbiamo condiviso risate, racconti e svariati chili di spaghetti. Ma basta. Non li si è mai neanche smaltiti.»

«Da oggi voglio farlo.»

«Cosaaa?»

«Voglio iniziare questa cosa con te.»

Chiara "non sa da che parte rifarsi", come diceva l'Orlanda furiosa, quando era davvero sbigottita.

Lui continua come un personaggio a metà libro della Austen: «Certo il sabato e la domenica non potremo incontrarci, perché cosa racconto a Giulia, però posso inventare delle scuse per liberarmi anche cinque minuti e vederti. Io sono felice solo di quello. Tu sei il mio pensiero magico».

Chiara guarda questo ragazzo intelligente, puro, profondo, buono e finalmente lo vede. Un uomo che, se fosse stato libero, avrebbe forse potuto amare.

La profonda infelicità, fragilità, frustrazione, inadeguatezza erano quelle di un bambino lavato, perbene, studioso, educato, i balocchi al loro posto nella cameretta e il bacio della buonanotte stampato in fronte da *maman*, un bambino che vorrebbe gli venisse aperta la porta per rotolarsi nel fango, sbucciarsi le ginocchia e mettersi le dita nel naso. Un bambino che avrebbe dovuto imparare a correre.

Libero.

«Emanuele, il tuo pensiero magico ha fame, ordiniamo?», con un sorriso dolce come una mano sul cuore.

Telegramma
NW1 7SU

Carissima Chiara,

oggi Edward e io si è passate in rassegna tutte le gioiellerie di Bond Street.

Il fine era scegliere un piccolo diadema di cui sinceramente anche lui ha capito avessi proprio bisogno.

Ci sono dei momenti in cui una donna deve sapere cosa è giusto e cosa non lo è.

Un piccolo diadema lo è.

Tanto per fartela breve, perché ancora io non me ne capacito, si sono girate davvero tutte le gioiellerie della City in lungo e in largo e io non ne capisco davvero il motivo.

Io sono una donna semplice e mi sarebbe andato bene anche il primo primissimo diadema veduto nella prima primissima gioielleria in cui siamo entrati.

Peraltro una catena credo, perché oltre al nome c'era un Co. in fondo.

Che sta per Company, quindi una sorta di grande magazzino della gioielleria. Avremmo anche risparmiato.

Sono tornata a casa con un anello di oro semplice. E tanta tristezza.

Non ti dico la voglia di un pediluvio.

Tua Eleonora

Pane fritto

Come li conosceva bene quei pomeriggi di divano e mezze baraonde. C'erano una caffettiera, un *Vissi d'arte* dietro la porta dello studio, la televisione che prometteva nuove silhouette grazie a perfide guaine indossate da obese molto satolle.

Erano fatti così quei pomeriggi amici: pane, pomodoro e termosifoni. Le ricordavano certi incantesimi soporiferi, quando tornava dalla pizza del sabato sera, addormentata nella Seat Ibiza di papà che guidava, con i lampioni che la stordivano dai finestrini e gli ammortizzatori che le cullavano una ninna nanna.

I gatti, pure loro le componevano azzuffate, risse e disastri nei pomeriggi assopiti. Federico invece no, era troppo rispettoso, anche di una pennica.

Era tornata prima dal lavoro, Angelo ancora visitava. Il sofà l'aveva invitata, opporsi sarebbe stato sciocco. Il plaid è maschio, andava abbracciato. Il sonno le mangia prima i piedi, poi le braccia e alla fine arriva agli occhi.

Era così, anche dopo scuola. Tornata dal liceo, col soggiorno che sapeva di cucinato buono – era l'aglio soffritto, ma lo avrebbe capito solo alla sua prima convivenza – Chiara sguisciava sulla pelle marrone coi calzettoni di spugna e la tuta a farle da lubrificante.

Nei sabato dei sei o sette anni, invece, ci si metteva anche Angelo accanto a lei, nel letto matrimoniale, a giocare a *color color* per invocare Morfeo. Capì che il tempo dei riposini era scaduto quando la figlia cominciò a chiedere color uovo di pettirosso, *Solidago* e bruno Van Dyck: nuance ricercatissime.

Quel pomeriggio era più stanca del solito. Sdraiata. Sentiva il peso degli ultimi giorni, di certi pensieri troppo ripidi, il letargo di primavera che, poi, ci metteva il suo. Era come alla fine di un esame all'università, quando i chili mentali improvvisamente diventano fisici e si guarda il voto sul libretto come un referto medico.

Un vento e un solletico sulla punta del naso. Forse il mare in sogno? No, sono fogli che fanno un rumore di lastre sbattute, agitati davanti alla sua maschera crollata.

Li riconosce con un solo occhio aperto, l'unica sua parte mobile al momento.

Dietro c'è Giancarlo, che le soffia sulla faccia un carteggio, come se Chiara fosse un braciere da alimentare.

«Dormi?» chiede lui, con la vestaglia del pomeriggio. Che gli piaceva tanto metterla in casa.

«No, figurati. Provavo a confondermi col divano, sperando che tu non mi vedessi» risponde lei mentre sguscia dal bolo di pile.

«È una metafora sublime della violenza inaudita che oltraggia l'individuo. Pensa, il testo è del 1957. Harold Pinter, *Il compleanno*. Potremmo farne una versione en travesti» spiega entusiasta Giancarlo.

«Papà non è ancora tornato?» chiede lei con una grossa voglia di caffè.

«Tieni, tu sei Meg, una donna sui sessant'anni.»

«Grazie» si rassegna Chiara mentre prende il copione pronto per lei. Giancarlo si alza e inizia a camminare nella stanza come nel pieno di una nevrotica conversazione telefonica.

«Cosa stai leggendo?» inizia lei.

«È nato un figlio a una.» Giancarlo è Petey.

«Ah davvero! E a chi?»

«A una ragazza.»

«A chi, Petey, a chi?»

«Tanto non la conosci.»

«Babbo, mi piace moltissimo ma non è che puoi darmi cinque minuti, mi sveglio e capisco in che pasticcio mi sono ficcata ad arrivare sulla Terra?» interrompe Chiara.

Giancarlo si ferma, la guarda abbassando gli occhiali e la testa.

«No» le dice felice. «Vai avanti.»
«Come si chiama?»
«Lady Mary Splatt.»
«No, non la conosco.»
«Già.»
«Cos'era?»
«Una femmina.»
«Non un maschio?»

Chiara si guarda attorno con la speranza di veder comparire Angelo, salvifico e con un caffè.

«No.»
«Che peccato. A me sarebbe dispiaciuto. Io avrei preferito un maschio.» Continua a leggere diligente.
«Anche le femmine sono carine.»
«Io avrei preferito un maschio.» Chiara si ferma e alza la testa e vispa: «Certo "carini" non lo siete stati proprio con Luigi, l'altra sera…»
«Non ne valeva la pena e lo sai benissimo anche tu» risponde Giancarlo ancora in parte, senza neanche alzare lo sguardo dai fogli, scomparendo magico dietro le porte dello studio.
«Andiamo avanti» le ordina monocorde e un po' più forte di prima.
«Ho finito i cornflakes» riprende lui.
«Erano buoni?»
«Molto buoni.»
«Ho qualcos'altro per te.»

«Bene.»

Giancarlo risponde dallo studio.

Chiara si alza, va al lavello e prepara la moka.

Le pagine sono sul tavolo della cucina mentre lei maneggia piano piano, soave e imbranata, la caffettiera per rispetto sia ad Angelo che a Giancarlo.

L'acqua, la miscela, il cucchiaino.

«Tieni» riprende un po' distratta. «È buono?»

«Non ho ancora assaggiato» grida un po' Giancarlo.

Una stretta, il fuoco, la tazzina.

«Scommetto che non sai cos'è.»

«Certo che lo so» ribatte lui.

«Cos'è?»

Lo zucchero, il caffè, il fornello va spento.

«Pane fritto, babbo. È tua la battuta, pane fritto!» dice lei, con un occhio ad Harold e le mani incollate sulla macchinetta stracolma.

«Pane fritto!» ribadisce infastidita.

Le porte dello studio restano aperte come una bocca spalancata e muta, immobile.

Petey non risponde.

Solo un tonfo asciutto, di ossa contro il marmo, un rumore grosso e freddo arriva a Chiara, nel centro del petto.

Sente il respiro profondo nelle orecchie. La pressione quasi l'acceca. Tutto attorno un vuoto morbido che se la vorrebbe divorare. La gola si fa stretta. L'aria congelata entra a fatica e gli occhi, automaticamente – grandiosa perfezione anatomica –, si gonfiano di lacrime come se per primi avessero capito. Le mani si fanno molli e piangono anche loro.

Tutto il resto di Chiara invece è teso. Non le resta niente sotto controllo, se non un sibilo, con cui riesce a pronunciare un "pane fritto" talmente debole che, neanche se glielo avesse sussurrato all'orecchio, Giancarlo l'avrebbe sentito.

«Babbo?» è l'ultimo sfiancante sforzo.

Petey non risponde più e Meg cade dentro alla cucina piena di caffè, senza il pane fritto.

Lilla

Il funerale dell'Orlanda furiosa si era svolto in quel di Spello, un'incantevole cittadina umbra a due passi da Perugia e Assisi.

La sua mamma. La sua nonna.

«Stella, non ho dubbi» le aveva detto Giancarlo con la bocca che sapeva di anestesia quel ventidue ottobre del millenovecentonovantacinque. «Per due motivi» aveva continuato reggendosi su un ginocchio per via dell'aria che non se ne trovava, «innanzitutto, il loco: un antico camposanto annidato sulle pendici del Subasio, davvero suggestivo. E poi per le modalità: partire a piedi dal paese e raggiungere il cimitero. È lontano. Abbastanza.

«Quando morrò, mi piacerebbe essere sepolto qui con un rituale del genere, così semplice, scarno, ma al tempo stesso sublime.»

Si era sistemato la sciarpa di seta indiana dietro la spalla con un colpo ed era andato a salutare la sua mamma, mai placata.

Chiara quel quattro maggio duemilaequindici indossava una corona e un abito a fiori piccoli.

Era tra quelli che portavano la bara in spalla.

Lei e Angelo davanti.

Lei a destra lui a sinistra, Giancarlo al centro. Come sempre.

Era una giornata di primavera, con una luce potente come i quattordici anni. Intorno regnava una pace muta e Chiara, per il peso che le gravava sulla spalla, era al massimo della concentrazione, fissa sui lontani cipressi del cimitero che lentamente le correvano incontro.

Dietro Chiara c'era Diogene, poi Ernest, poi Rudy, poi il Barone, poi Gunter, poi Celeste, poi Gertrude che guardava in alto e sorrideva, sembrava contenta, poi MaraElena con un bicchiere di Pimm's, che a ogni passo, coi tacchi che le sprofondavano nella terra perdeva un'onda.

Tutte attaccate a quel legno con l'unica Sirena che avevano sempre seguito, da cui si erano lasciati ammaliare.

Mezza umana, mezza bestia, mezza regina, mezza empia, tutta immensa.

Non piangeva nessuno.

Tranne Federico. Era in fondo, ultimo. Strascicava la

ghiaia coi piedi, la scalciava via. Aveva le mani in tasca, la testa nella pancia e sembrava un monello pentito.

Piangevano tutti.

Angelo indossava una camicia a fiorami, anni Settanta, Diogene un'enorme cappa vinaccia, Rudy una salopette, il Barone in black tie, Gunter con i calzini rossi, Celeste scalzo, e la signora Franca, aiutata da Erik, un tacco dodici sotto un tailleur pantalone bianco ghiaccio.

Arrivati lassù. Era un prato da picnic. Un pomeriggio da domenica pomeriggio.

Chiara stava con la corona storta e la spalla destra che le faceva bene perché il male stava tutto intorno a respirar le zolle.

Una donna vestita di lilla con un enorme cappello, partita da lontano, era arrivata fino alla spalla di Chiara, le aveva tolto la corona e le aveva messo il cappello che indossava.

«Sei bella» aveva detto.

«Siamo tutti belli in famiglia.»

«È vero.»

Chiara aveva buttato la corona a Giancarlo.

La regina è morta, viva la regina.

Non parlare con la bocca piena

C'erano le impronte di Giancarlo sulla lampada ministeriale della scrivania nello studio.

Chiara le tocca, per sentirne il calore, e – per essere certa di non aver perso proprio nulla di quel babbo enorme – se le incolla sui suoi polpastrelli, catturando l'ultima carezza rimasta sull'ottone.

Era lì per lei.

Lui, invece, era ovunque: nei cunicoli di libri e stampe, in una scatola di bambù laccata del Myanmar, dentro un cassetto. Chiara ne cerca tracce e conseguenze, e nella sera di un giorno pieno di fiori, baci e pasticcini – il lutto cos'era se non una festa orrida? – decide di punirsi, tuffandosi nelle volontà del padre.

«Come avranno fatto?» si chiede, sorpresa per la prima volta di essere figlia di due maschi.

Era proprio vero: «Il pregiudizio è più burocratico

che umano». Glielo aveva insegnato zia Gertrude una volta, buttando giù una tisana drenante corretta al whisky. Chiara non l'aveva mai più dimenticato. Come la gozzata che assaggiò.

Negli scaffali, soldati disciplinati, Sarah Kane, David Mamet e Tennessee Williams, un po' più tristi pure loro.

Eugenio era un avvocato con la faccia da oste. Il naso gonfio e gli zigomi alticci lo rendevano più adatto a un baccanale che a una procura. Era diventato il legale di famiglia, sotto suggerimento di Diogene, che ne stimava l'impassibile perfidia acuita dall'aspetto clownesco.

Era Eugenio ad avere la situazione patrimoniale sotto chiave. Chiara lo avrebbe chiamato l'indomani, ma nel frattempo continuava a cercare, per trovare un po' di Giancarlo più che un tesoretto di appartamenti e preziosi.

Eppure.

La carta era vergata a macchina, in tondo. La busta era foderata, la filigrana a punto fisso. Stava dentro a una scatola di documenti zitti sul fondo dell'armadio mogano.

Chiara, seduta per terra, davanti a un'anta, legge un manifesto d'amore più che un testamento.

I suoi papà non avevano fatto mica poi tanta attenzione a documenti, politiche e avalli, come se parlare di lasciti e abbandoni sottraesse tempo al vivere.

Sembrava un verso di Alda Merini, ma era una scrittura privata: «Facciamo a metà. Perché da sempre è così» si leggeva.

Avevano trattato la vita come una partita a tombola, a Natale: leggera. L'uno l'erede dell'altro. Chi resta è per Chiara, che adesso stringeva mezza orfana tra le dita, la prova, l'amore che diventa logica potente, quasi impensabile nella sua facilità.

Era la cosa più tenera che avesse mai visto.

Sul fondo della scatola, ancora qualcosa da dire. Chiara la trascina sulla scrivania e la apre del tutto. Foto, un paio di penne gioiello ancora immacolate, il libretto d'università di Angelo, un plico compatto di fogli vecchi fasciati dentro una carta ruvida da pane.

Sopra, a pennarello, la grafia di Giancarlo: *Noi*. Dentro, ancora lui.

«Io mi sento fresca come una rosa stamane.»
«Dentro, tesoro. Perché fuori sei una natura morta.»
Giancarlo a Gertrude. Vigilia di Natale. 1995

«Quando un uomo ti chiede "ti faccio male?" non è premuroso. È presuntuoso.»
Rudy. Una sera. 1995

«Scusate avete una caramella o una gomma? Ho una tale amarezza dentro.»
Chiara. Precoce. Agosto 1985

«È così chic tornare di domenica.»
«È molto più chic tornare all'improvviso.»
Qualcuno a teatro. Una fila indietro. 1996

«Credo che il magma terrestre abbia la stessa temperatura.»
Il Barone assaggiando la zuppa di legumi.
Una brutta cena. 1996

Così per pagine; intere pagine compilate di estratti di vivissima ironia casareccia: battute, epitaffi o semplicemente consonanze. Giancarlo aveva trascritto su quei fogli le esilaranti espressioni di chi lo aveva accompagnato. Un *mémoire* di annate giovani e gite fuori porta, cocktail di benvenuto per qualcuno appena arrivato in città e supreme sfrociate. C'erano "noi" in quelle pagine, aveva fatto proprio bene Giancarlo a chiamarle così.

«Devi cantare la tonica, tu che di tonica non hai nulla. Lassa!»
MaraElena a Chiara. Bambine col registratore. 1989

«Una donna che si tiene così male merita solo di rimanere nascosta.»
Giancarlo. Una qualsiasi occasione. 1999

Ride di gusto Chiara, nel vedere la sua esistenza così buffa su quei fogli. Non si era resa conto: le giornate semplici, a rileggerle, sembravano miracoli.

Era cresciuta dentro un copione, dentro un presepe. Eppure le giornate le sembravano semplici a passarle.

Del resto anche Gesù Cristo era nato in una grotta, sulla paglia.

Persa tra le esclamazioni conservate, si distrae per un pianto. Viene dalla camera da letto dei genitori. Si alza e, lasciando immacolata la sua scoperta, esce dallo studio.

Non lo aveva mai saputo: Angelo piangeva rumoroso. Qualche volta l'aveva sentito ridere con lo stesso singhiozzo. Adesso, steso su un fianco, con le ginocchia incollate ai gomiti e la faccia bagnata, quel pupo vecchio le sembrava un borlotto.

«Il nostro non è stato un amore perfetto, ma è stato un amore felice. Chiara, io non ce la faccio.»

«Papà?» si veste da madre.

«Ue.» Non si gira lui. Le scosse di pianto gli fanno saltellare il profilo illuminato solo da un abat-jour liberty. Lei si stende affianco e se lo abbraccia.

«La vuoi una caramella?» chiede Chiara, tirando dalla tasca un prodigio di latte essiccato.

«Quelle cose ti fanno male, ti fanno venire le carie» risponde il papà ancora di spalle. Chiara mangia la Galatina.

Angelo si gira e lei vede sulla faccia stropicciata di lui il suo stesso dolore. Lo accarezza e gli fa un mezzo sorriso, per consolare anche un po' di lei.

«È sempre stato così, è vero?»

«In che senso?» chiede Chiara, mentre sugge e s'infossa nel cuscino di Giancarlo come se stesse per ascoltare una favola.

«Con queste Galatine» risponde Angelo. Con un fazzoletto di stoffa quasi si cambia i connotati.

«Eri piccola, Chia', ma sei sempre stata una bambina educata assai. "Papà", "babbo", "papà", "babbo"… po po po po. Con quelle gambette andavi in giro tutta sberleffa e qualsiasi cosa ti sorprendeva ci chiamavi, perché noi tre uscivamo sempre assieme. Quanto ci piacevano le passeggiate. "Papà", "babbo", "papà", "babbo"… Bella. Sei sempre stata bella, Chiaretta mia.

«E poi a un tratto… Eh, ma come? "Papà" e "babbo"?

«E che questa creatura tiene due genitori maschi? E che è qua? La gente ci guardava male. Gli estranei, poi. Che te lo dico a fare? Ma tu eri piccola, non potevi capi'. E allora Giancarlo, un giorno che stavamo a Villa Borghese, comprò un pacchetto di Galatine e ogni volta che si avvicinava qualcuno… "Tieni pulcino", te ne dava una e tu te la mangiavi. "Non parlare con la bocca piena" ti diceva con l'indice alto. E tu, figurati se disobbedivi a babbo Giancarlo… Stravedevi! Con la caramella te ne stavi zitta e contenta e non ci avresti mai chiamato "papà" e "babbo" in pubblico e pure una passeggiata così diventava una cosa più facile. Quando capì che il giochino funzionava, Giancarlo fece una bella scorta di Galatine. Non si andava più in giro senza. Tuo padre, lo sai, è sempre stato un creativo.»

«Comprava il mio silenzio?» chiede Chiara col naso tappato di pianto.

«No, tesoro mio. Ti proteggeva.»

La panchina dell'AmOUre

«Devo farti vedere. Puoi venire alle 18 alla panchina?»
Era già un messaggio bellissimo.
Di Federico.

Se ne sta su quella che non è una panchina, ma un masso, davanti al Ponte Rotto, all'isola Tiberina, il ponte che neppure Michelangelo era riuscito a tenere intero.
Aveva la bellezza della rovina.
Della caduta che nei secoli si era guadagnata l'erezione.

Federico aveva perso l'amata mamma di malattia a dodici anni, il padre non l'aveva più avuto vicino e se ne era andato via dalla Svizzera a diciotto. Prima in Israele, poi a Londra a studiare, poi in Italia. Solo. Sempre. Bello. Intelligente e triste.

Parlava pochissimo, con un leggero accento, in un italiano imperfetto come concordanze, che più perfetto non sarebbe mai potuto essere in contenuti.

Chiara si siede piano.

«Stai male» le dice e la guarda.

Chiara piange.

Lui le prende la mano con dignità. In pubblico. Vederla piangere era l'unica cosa che lo prendeva tutto.

«La vita non fa sconti per le disgrazie, cercare pietà per le proprie non ti porta sconti ma altre disgrazie. Vai avanti, hai vissuto il peggio, se hai superato questo supererai tutto.» Tira fuori il positivo dal negativo.

Chiara lo guarda come l'unica cosa dell'Universo.

«Il futuro è sempre bellissimo. Il primo giorno che ti ho conosciuto ti ho trovato strana, pericolosa perché eri l'opposto di quello che mi sarei immaginato di volere nella vita, una minaccia alla mia realtà protetta. Il bello della vita è che ti prende e ti butta in mezzo all'opposto, qualcosa che al momento sembra assurdo ma che poi si trasforma in qualcosa che nella subcoscienza avevi sempre sognato, ma che era troppo astratto per portare in primo piano della mente. Tu sei entrata nella mia vita come un tornado sconvolgente e hai spazzolato via tutta la strategia logica e pragmatica che pensavo fosse quella giusta per me. Mi hai permesso di trovare la porta e uscire dal muro protettivo che mi circonda e sentire l'aria avventurosa che tira nell'aperto infinito.

Da quando siamo insieme mi hai dimostrato come vivere e i miei radici si sono moltiplicati infinitamente e si sono attaccati in tutte le parti più belli, assorbendo pura energia di vita, dandomi assoluta felicità. Con te sono presente e ovunque! Io ti amo perché noi siamo fatti l'uno per l'altro, tutto quello che abbiamo fatto finora insieme ha contribuito a crearci la vita più bella che potevamo mai avere e stando insieme può sempre e solo diventare più bello. Il progetto che è la vita per noi è un compito da affrontare da team e il team siamo noi e il nostro ufficio si chiama "il nido". Siamo molto diversi ma il nucleo delle nostre anime hanno i stessi valori e obiettivi. A noi in fondo ci piace la vita semplice, a stare nel nido, a godere di una buona cena o guardare un film horror e non a stare in giro per la città a fare la vita mondana come tanti pensano è la cosa più bella da fare. Io ti amo per la tua voglia di vivere, la tua voglia di creare, di esprimerti, il tuo appetito, la tua energia. Se non fossi nella mia vita diventerei un rōnin, un samurai decaduto, senza di te io sarei vuoto, tu riempi di gioia, la mia felicità è vedere te felice, la mia felicità non mi basta per essere felice. Ci vuole la tua.»

Sulle ginocchia di Chiara ora poggia la prima edizione di *Tommelise*, *Mignolina*, di Andersen.

Chi è di scena

Sono tutti iscritti.
 Le tessere le hanno.
 Entrano coi cartoncini colorati in mano.
 Il teatro è pieno come un uovo.
 Come un mese prima.
 Le Supreme tutte in settima fila.
 Sette. Il numero preferito.
 Gertrude è in consolle alle luci, con un abito elisabettiano, rivisitato.
 Una T-shirt bianca, un collare e l'anima di un verdugale. Sta in piedi.
 Franca con una veletta color magenta, MaraElena in velluto verde, come Rossella O'Hara, cordone annesso.
 Angelo è in ultima fila. Accanto a Federico.
 Chiara in fondo, di spalle al papà, in piedi, come fa ogni produttore che si rispetti.

Tutta vestita di lilla. Con una coroncina di fiori freschi in testa, una spilla con una violetta e una Galatina in bocca.
Chi è di scena.
Sipario.
Due uomini e una bambina.
Non parlare con la bocca piena di Giancarlo Mancini.

Il gran finale

Non cerco un re di denari
io cerco un fante di cuori
sai la mia reggia dov'è
sotto le stelle con te.
A chi mi offre denari
io gli rispondo picche
a chi mi offre dei fiori
tutto il mio cuore darò.

Gertrude canta Nada, ora con un caftano indosso e un bicchiere di succo di carota in mano.

Il party dopo lo spettacolo è stato organizzato alla «Balera – musica e cucina».

C'è del risotto. Tanto risotto. Come si usava fare per il dopo opera a casa Mancini.

> La vita è un gioco
> mischia le carte
> ride chi vince
> chi perde piange
> ma la partita
> è solo una
> nella vita ci vuole fortuna
> una rivincita non ci sarà.

Le lucine sfrigolano allegre e composte a disegnar sorrisi, paiono collane appese al collo della Signorina «Balera – musica e cucina», oggi sembra una ragazza per bene vestita a festa.

C'è un'aria di giostre anni Cinquanta, con una luce gialla da Polaroid anni Settanta, tra fiori di plastica abbracciati alle zampe del tavolo, piatti bianchi grossi da mensa che nelle loro curve tendono al grigio per via delle tante cucchiaiate, nel mezzo si balla, si mangia il risotto e le alici fritte non fanno altro che arrivare da una porta da saloon rossa e unta, dorate, brillanti, salate in piatti che a ogni passo diventan più leggeri.

Diogene, il Barone, Rudy, Ernest, Celeste e Gunter sono seduti intorno al tavolo cosparso di briciole che paiono isolotti sul lucido della tovaglia di plastica che pare un mare calmo, deliziati, ripetono le battute dello spettacolo, riconoscendosi, con la bocca sudicia di alici e un fazzoletto per pulirsi gli occhi.

Angelo è su una seggiola di vimini davanti al palco sulla destra e guarda Gertrude cantare.

Addio bel re di denari
amo il mio fante di cuori
la tua ricchezza cos'è
quando l'amore non c'è.
La vita è un gioco
mischia le carte
ride chi vince
chi perde piange.

Ballano tutti.
Federico se ne sta appoggiato a una colonna avvolta di fiori, bigliettini, specchietti e piume, sembra un Cristo a metà tra Pierre et Gilles e Frida Kahlo.
«Sai chi sono loro?» chiede Chiara indicando con una margherita che si è tolta dalla corona una coppia che dondola fuori tempo.
«Loro ballano solo la rumba. Sempre la rumba. Da vent'anni» risponde Federico mettendole il fiore bianco tra i ricci rossi e una gota accanto alla sua, per danzare.
MaraElena è nel retropalco. Senza il cordone dell'abito di velluto, insieme con Gastone, senza i suoi occhiali fumé che colorano la loro rumba.
Angelo guarda Chiara che balla e batte i palmi muti.

Lei gli allunga la mano per portarlo a sé, una rimane con Federico, l'altra è per il papà, lei al centro.

La vita è un gioco
mischia le carte
ride chi vince
chi perde piange.
Se muore il sole
nasce la luna
nella vita ci vuole fortuna

Angelo la guarda di schiena e piano piano sussurra: «Io la fortuna l'ho avuta con te».

Telegramma
NW1 7SU

Carissima Chiara,

come stai?

Tua Eleonora, la mamma

Ringraziamenti

Ringrazio Daniela Di Santo, perché abbiamo da sempre camminato insieme, Vicky Satlow "sorella!", la mia Rita Nobile, Luca Miniero "occhio", Paola Musella e Angelo Maddaloni per il fratello che mi hanno dato, Luca Procopio, "Pingu", per la pazienza e l'ordine su certi pasticci, il maestro Franco Migliacci, Francesco Migliacci, Nada, la divina Franca Leosini, Massimo Scarafoni, la stronca, Chiara M., Rossano De Cesaris, Fabrizio Tarvis, Nicola Pau, il gruppo Adoro, che son già Supreme, Mario Bruzzano e le sue perle. Maurizio Totti (Tottonee), Emiliano Giambelli, la mia scommessa, Gabriella Di Santo miao, Angelo C., Klaus, Jhoannes, Fiore, Ubaldo, Eddy, Rudy, Massimiliano Salé, Piero Giordi, Ilaria, Sara, le 'are, Campi Bisenzio, Alessio Rapezzi (Ottocanotto), Alessandro Fiore Genovesi, Paolo Isoni adorato, Lisa Corti e Annalisa Passigli, il barrino di Santa Maria, il professor Mauro Conti, il mio preferito, la Prof. Frangipani di italiano... contenta?, il glorioso Liceo Dante Alighieri, la sezione C, il Baroni, la Balzi, l'Ombretta, le estemporanee dal latino al greco alla lavagna, Carlo Emilio Gadda, Luca Ussia, Anita Loos, Jane, Charlotte, il Teatro Della Limonaia, Roberto Toni "Maledetto mio", Simone e Tommaso Tofani, la giovenca, Domenico Dolce e Stefano Gabbana, che mi hanno sempre fatto sentire bellissima, Firenze e i fiorentini tutti, gli anni romani e i romani, mamma Napoli, i napoletani e nonna Palla. Gli italiani. Lydia S., Stefania Mandelli e gli scossoni. La Marisa, la Svezia e gli scandinavi, Andrea C., che non lo saprà mai.

Ing Mari Högberg perché saresti stata felice, lo so.

Ulf Lundqvist, Pippo mio, Dina, Fabrizio G., amicah, Salvo, la mia Benny Benedetta Finocchi, Davide Ricci (Le Rice), Raoul caro, i Francini tutti, la mia amata zia Emanuela, Giorgio, la schiacciata. Emiliano.

Indice

Una ragazza tanto sfortunata 9
«A vuò 'na taz' 'e cafè?» 15
Afrodite e la schiacciata 21
Telegramma NW1 7SU 25
Un pasticcio bellissimo 27
Gina la talpa 33
La pittrice nana 37
Niente altro da dire 41
La legge di Godwin 43
Il Natale Albero 51
A bocconi 53
Le Supreme 59
Era una femmina 61
Telegramma 75004 Île-de-France 67
Diogene di Santo Stefano di Sessanio 69
Ernest il Parsi 77

Il Barone Rampante	81
Celeste nell'alto dei cieli e Sua Eccellenza Gunter	83
Il goto	87
Mignolina	97
Telegramma NW1 7SU	99
Il trapano e la Signora	101
MaraElena la Zebra	109
OttoCanotto	113
Gimmy il troione	115
«Bon appétit»	117
Le braciole	125
Cristina di Svezia	127
Dopo teatro #1	133
Telegramma NW1 7SU	139
Dopo teatro #2	141
"Voilà"	149
Olé	153
Luigi Guevara	159
Ang babaeng humayo	165
Adagio	175
L'Orlanda furiosa e Giancarlo Cuor di Leone	181
Il est grand temps de rallumer les étoiles	189
Mantua me genuit	195
Emanuele	201
Gomorra	205
Telegramma NW1 7SU	211
O come tragitto	213

Luigi della Gherardesca, figlio del conte Ugolino	217
L'Etoile	227
Cotone libanese	231
Serenata	233
Comprami, io sono in vendita	237
Telegramma NW1 7SU	243
Pane fritto	245
Lilla	251
Non parlare con la bocca piena	255
La panchina dell'AmOUre	263
Chi è di scena	267
Il gran finale	269
Telegramma NW1 7SU	273
Ringraziamenti	275

Finito di stampare nel marzo 2018 presso
Grafica Veneta - via Malcanton, 2 - Trebaseleghe (PD)
Printed in Italy